SHARI H. GRILLI

ALICIA
e il cuore smarrito

romanzo

FANUCCI EDITORE

Alicia e il cuore smarrito è una storia di fantasia.
Ogni riferimento a nomi, persone, luoghi
o fatti realmente accaduti è puramente casuale.

Prima edizione: settembre 2007

via delle Fornaci, 66 – 00165 Roma
tel. 06.39366384 – fax 06.6382998
Indirizzo internet: ragazzi.fanucci.it

Stampato in Italia – Printed in Italy

Progetto grafico: Grafica Effe

SHARI H. GRILLI

ALICIA

e il cuore smarrito

Lentamente muore
Lentamente muore chi diventa schiavo dell'abitudine,
ripetendo ogni giorno gli stessi percorsi,
chi non cambia la marca,
chi non rischia e cambia colore dei vestiti,
chi non parla a chi non conosce.
Muore lentamente chi evita una passione,
chi preferisce il nero su bianco e i puntini sulle 'i'
piuttosto che un insieme di emozioni,
proprio quelle che fanno brillare gli occhi,
quelle che fanno di uno sbadiglio un sorriso,
quelle che fanno battere il cuore davanti all'errore
e ai sentimenti...

Da *Evitare la morte* di Pablo Neruda

1

Cento giorni
Cento giorni, cento ore, o forse
cento minuti mi darai...

Pedalo, pedalo velocemente mentre conto i portici che mancano prima di arrivare a casa. Sono in ritardo, come al solito, e mia madre questa volta non me la perdonerà. Mi ha pregato di essere a casa per le otto e sono già le nove meno un quarto. Non sopporta i ritardi, è mancanza di rispetto, ma io non lo faccio apposta, è più forte di me; ogni volta giuro che ci provo a essere puntuale, ma niente, aspetto sempre quei dieci, quindici minuti di troppo prima di muovermi. In quei frangenti ho la presunzione di pensare che posso farcela, ma poi quando è già troppo tardi capisco di aver sbagliato i calcoli.

Sto guardando il cell ancora una volta e in un batter d'occhio mi ritrovo sotto casa e il mio orologio segna le otto! Magari, ma è tutto un sogno, e sconsolata ritorno alla realtà; ma poi, in fondo, che cos'è un'ora?

Dopo l'ennesima lite con mia madre, questo ritardo proprio non ci voleva, penso mentre la strada in salita mi fa perdere velocità. Sento il fiato accelerare e farsi affannoso, piccole goccioline di sudore scendere dal collo e intrufolarsi velocemente sotto la maglietta. Stringo i denti, mancano solo un paio di semafori, poi una svolta a destra, e in due minuti sono a casa. O almeno lo spero.

Devo pensare in fretta a qualche scusa convincente, ma non mi viene in mente niente. La testa è confusa, mi continuano a tornare davanti le immagini di Matteo che mi guarda con quegli occhi tristi. Ci siamo lasciati per l'ennesima volta, ma sento che questa è l'ultima. Quando alle sette ha mandato un sms per chiedermi di incontrarlo per una mezz'ora, non me la sono sentita di dirgli di no. È un ragazzo d'oro, sempre così premuroso, affettuoso, con lui mi sento sempre rilassata, come in famiglia. Ho provato in tutti i modi a cambiare, a capire se stavo sbagliando qualcosa, ma niente da fare, la realtà è che non lo amo più, ormai lo vedo solo come un amico. Mi si stringe il cuore; adesso oltre che l'affanno anche i singhiozzi mi ci volevano. Asciugo con il palmo della mano le lacrime che mi scorrono veloci sul viso.

«Non è giusto!» urlo.

Sento lo zaino agitarsi dietro di me.

«E tu, che te ne stai lì dietro al caldo, potresti almeno darmi una mano, no? Bell'amico che sei!» urlo a Teo, il mio inseparabile amico a quattro zampe. Lui abbaia e io sorrido immaginando la sua testa che spunta dallo zainetto con quegli occhioni così teneri. Sentirlo lì mi tranquillizza.

Da quando i miei me l'hanno regalato, sta sempre, ma dico sempre, con me... be', diciamo che forse ogni tanto lo lascio, ma raramente, e solo a nonna Emilia, la madre di mio padre, che è l'unica che l'adora come me. D'altronde come potrebbe essere il contrario? È fantastico, piccolo, con due occhi giganti. Arrivato a casa la prima volta, ho capito subito che il nostro sarebbe stato un grande amore. Per anni ho chiesto ai miei di averne uno, ma loro non sentivano ragioni; poi un giorno, l'anno scorso, si sono decisi, ma a un patto, doveva essere di piccola taglia e sarebbe stato solo mio, nessuno in famiglia se ne sarebbe occupato tranne me... e mia nonna, ho aggiunto io nella mia testa. Ovviamente ho accettato, e così è arrivato lui, Teo, l'amore della mia vita!

Mi riaffiora l'immagine di Matteo e il sorriso svanisce all'istante; è colpa mia, solo colpa mia.

«Possibile che deve essere sempre tutto così complicato!?» urlo.

Cosa ci posso fare se sono fatta così? D'altronde è un anno che ci lasciamo e poi ci rimettiamo insieme. E non voglio fare la fine di mia sorella Martina, diciotto anni, che si è messa a quattordici con Paolo e da allora è stata sempre e solo con lui; no, no, che noia! Scuoto la testa, non è roba per me, ho fatto la cosa giusta! Ho solo sedici anni; c'è ancora tempo per avere un rapporto serio. Matteo si merita di meglio; una ragazza proprio come lui. Che lo ami veramente.

Teo abbaia, siamo a casa.

«Hai fame, eh? Anche io, da morire, speriamo bene» rispondo, immaginando già le urla di mia madre. Mi infilo nel cortile, scendo di volata dalla bici, lascio libero Teo mentre la lego a un palo.

Salgo i gradini due a due, preceduta da Teo. Un'ora di ritardo, sento l'ansia farsi strada; calma, devo avere una faccia afflitta, continuo infilando la chiave nella toppa. Appena dentro, quel diavolo di Michele, mio fratello di otto anni, mi blocca, affacciandosi dalla cucina. «È arrivata!» urla e scompare.

«Mamma, sono io, scusa, ho fatto tardissimo... ma non sai che cosa è successo» comincio a dire mentre in fretta mi tolgo la giacca ed entro in cucina.

Dal tavolo, mia sorella mi lancia uno sguardo afflitto, mentre mia madre sta in piedi, di spalle, a lavare i piatti.

«Ti sembra l'ora di tornare?» dice con voce strozzata, senza girarsi. È furiosa ma cerca di trattenersi... aiuto!

«Scusami, scusami, ma Matteo mi ha chiamato disperato...» ma non mi fa proseguire.

«Non le voglio le tue scuse, te l'ho detto mille volte, non tollero che arrivi in ritardo, se ti dico alle otto devono essere le otto. È pericoloso girare in bici a quest'ora da sola; e poi non ti sei neanche degnata di fare una telefonata!» continua urlando. Ora sì che è una furia.

«Hai ragione, ma non l'ho fatto apposta, mi è passato di mente» provo a giustificarmi, ma mi rendo conto subito di aver detto la cosa sbagliata.

«Ti è passato di mente? Come si fa ad avere una figlia come te? Dove hai la testa? Guarda tua sorella, perché non prendi esempio da lei?» Mi mordo un labbro; ecco ci risiamo, lei è la figlia perfetta, sempre precisa, mai in ritardo, sempre pronta a darle una mano. La guardo mentre sento il risentimento crescere.

«Non imparerai mai, prima o poi ti metterai in qualche guaio!» continua lei. «Lo sapevi che stasera facevo il turno di notte in ospedale, non riusciamo mai a stare insieme. A ogni modo sono stufa dei tuoi ritardi, o cambi oppure non ti faccio più uscire di casa e mando Teo in un canile.»

Mi sento svenire. «Non ci credo, non faresti mai una cosa del genere» urlo prendendo Teo in braccio. «Se ci provi me ne vado di casa» aggiungo uscendo dalla cucina e andando in camera mia.

Non c'è niente da fare, con lei è sempre così difficile parlare, se almeno ci fosse mio padre, penso buttandomi sul letto, sempre con Teo stretto a me. Non so come mai ma tra noi le cose degenerano sempre, lei in fondo non mi sopporta. Lascio andare Teo e metto le cuffie del mio iPod. Chiudo gli occhi mentre la voce calda di Elisa si diffonde; mi è passata anche la fame. Dio come la odio, possibile che deve essere sempre così esagerata? Perché non ha per niente fiducia in me?

Mia sorella si affaccia alla porta.

«Non mangi?» chiede, sedendosi sul letto. «Ti abbiamo lasciato un po' di polpettone e le patate.»

Non tornerei in cucina neanche morta. «No, mi è passata la fame» le rispondo acida.

«Non te la prendere, mamma si preoccupa solo per te; nell'ultima ora ha guardato l'orologio ogni cinque minuti. E tutto il tempo non ha fatto che pensare se ti era successo qualcosa, se per caso avevi avuto un incidente in bici; lo sai che è apprensiva. Anche tu, però, almeno una telefonata potevi farla, no?»

«Sì, lo so, ho sbagliato; è che non mi rendo mai conto dell'ora, ma non lo faccio apposta» le dico.

«Ma almeno potevi rispondere alle nostre chiamate.»

«Non le ho sentite, giuro, altrimenti avrei risposto» mento, prendendo il cell dalla tasca dei pantaloni.

«Alicia, falla finita, è un'ora che proviamo a chiamare e tu non hai mai risposto.» È vero, quando mi sento in colpa non rispondo; è come se in quel modo volessi negare l'evidenza. Abbasso lo sguardo imbarazzata.

«Ero in una situazione drammatica, mi stavo lasciando con Matteo» mi giustifico.

«Non mi sembra la prima volta» risponde lei sarcastica.

«Sì, ma questa è quella definitiva.»

Mi guarda alzando gli occhi al cielo.

«Lo so che non mi credi, ma è la verità, ci ho provato in tutti i modi, ma non c'è niente da fare, non lo amo più e non sai quanto ci sto male. Mi sono sentita così in colpa che alla fine gli ho promesso che se mai riavrò un ragazzo quello sarà lui.»

«Come ti è venuto in mente di dire un'idiozia simile?»

«Perché? Io non voglio più mettermi con qualcuno, e poi lui stava così male.»

«Già, peccato che quando ti metterai con un altro, perché sicuramente succederà, lui si sentirà doppiamente preso in giro da te» continua scuotendo i suoi lunghi capelli neri. Rimango in silenzio, non so che dire; forse ha ragione, ma ormai è andata. La guardo alzarsi e rispondere al suo cell, sarà Paolo sicuramente, tutto coccole e brufoli, penso sarcastica.

Martina e io ci somigliamo molto, ma solo fisicamente; tutte e due piccole di statura, capelli lunghi neri, pelle olivastra, ma mentre lei ha gli occhi scuri di mia madre, io li ho verdi come mio padre. Michele, invece, ha preso completamente da mio padre, che è di carnagione chiara.

Mia madre è indiana, ma è dall'età di vent'anni che vive in Italia. Ha conosciuto mio padre a Delhi, all'università, dove lui, ingegnere, partecipava a un convegno. È stato un colpo di fulmine, come dice sempre mio padre. Per un periodo si sono frequentati con difficoltà, poi lui è stato mandato in Sudafrica, per un altro incarico, ma hanno continuato a scriversi; dopo due anni si sono sposati. Per un po' hanno vissuto a Roma, poi a Bologna a casa della nonna. Nato Michele, ci siamo trasferiti nella casa in cui viviamo. Credo che per mia madre sia stato molto difficile abituarsi a un altro paese e ancora di più vivere con la nonna, perché non andavano molto d'accordo; in più mio padre era sempre in giro, tornava solo il fine settimana e faceva quello che poteva. Il rapporto tra loro è cambiato quando siamo arrivati qui, nella casa nuova. Di quel periodo ricordo solo che litigavano spesso e l'aria era molto tesa.

Io e mia sorella ci siamo sempre sentite italiane, e anche se a volte ci scambiano per straniere, non gli diamo mai molta importanza. Però posso immaginare le difficoltà di mia madre, senza conoscere una parola di italiano. Ma lei, tenace, non si è persa d'animo ed è andata a un corso di lingua e nel giro di poco tempo, sostiene mio padre, se la cavava benissimo. A noi non ha mai voluto insegnare una parola di hindi e nessun parente è mai venuto a trovarla. Solo qualche sporadica telefonata, una o due volte l'anno, ma per il resto sembrava che la mamma non avesse un passato, né parenti; questo fino allo scorso anno, quando ha deciso che era arrivato il momento di farci conoscere meglio le sue origini e la sua famiglia. Così abbiamo fatto un viaggio in India, che non dimenticherò mai! È stata un'esperienza fantastica.

* * *

Devo scaricarmi altra musica, penso, mentre mi tolgo le cuffie. La porta di casa si chiude, deve essere la mamma che va al lavoro, in ospedale. Mi alzo dal letto, accendo il computer e apro msn per vedere chi c'è. Devo assolutamente parlare con Lavinia, la mia amica del cuore. Ci frequentiamo da un paio di anni, ma è come se ci conoscessimo da sempre; con lei non ho segreti, ci capiamo al volo. Spesso viene a dormire da me quando mia madre è fuori e così passiamo la notte sveglie a chattare e a fare nuove amicizie. Ci divertiamo da pazze, un periodo siamo state in fissa con un certo Max, un tipo veramente tosto. Eravamo impazzite tutte e due per lui, tanto che volevamo conoscerlo, ma poi abbiamo scoperto che viveva a Milano; così abbiamo desistito, troppo lontano.

Su msn trovo Lavinia, Endy e Luca, due tipi di Modena con cui ogni tanto parliamo.

«Lavi, che stai facendo?» Io.

«Mi sto rompendo, tu come te la passi?» Lavi.

«Ho appena litigato con mia madre, tanto per cambiare.» Io.

«Guarda chi si sente? Ben tornata tra noi!» Luca.

«Ciao, che mi racconti? Dimmi qualcosa di carino, ne ho bisogno.» Io.

«Cosa ti è successo?» Luca.

«Ho litigato con mia madre.» Io.

«Lascia perdere, tanto con i genitori è sempre la stessa storia, non ti capiscono mai.» Luca.

«Con chi ti stai scrivendo?» Lavi.

«Luca.» Io.

«Da sballo.» Lavi.

«Già ti sei distratta?» Luca.

«Ma no, parlavo con Lavi, la mia amica.» Io.

«Allora che succede lì da te?» Sempre Io.

«Niente, sto studiando inglese e non mi va per niente.» Luca.

«Lasciamo perdere la scuola, solo a pensarci mi viene l'ansia.» Io.

«Okay, perché non mi vieni a trovare?» Luca.

«Non credo proprio, al massimo vieni tu!» Io.

«Se me lo chiedi vengo.» Luca.

«Esagerato :-)» Io.

«Sabato prossimo?» Luca.

Cavolo, lanciatissimo!

«Non lo so, ci penso e ti faccio sapere.» Io.

«Sì, ma pensa in fretta.» Luca.

Smanioso!!!

«Non correre, e non farti strane idee.» Io.

«Peccato!» Luca.

Continuiamo a parlare per un po', poi lo saluto per raccontare a Lavinia di Matteo. Lei è dispiaciuta, ma se l'aspettava; ha sempre sostenuto che non era adatto a me, troppo accomodante, ma io non volevo ascoltarla. Quando ci siamo messi insieme, un anno fa, pensavo fosse l'amore della mia vita; abbiamo passato momenti felici, sempre insieme, a ridere e divertirci.

Spengo il computer, mi siedo sul letto e riapro la lettera che mi ha dato Matteo prima di fuggire via questa sera:

> Ormai è tutto finito Ali, l'ho letto nei tuoi occhi l'altro giorno prima ancora che parlassi e questa cosa mi logora da giorni.
> Già mi mancano i tuoi baci, le tue carezze, il tuo sorriso. Non riesco a non pensarti, a immaginare la mia vita senza te. Non mi diverto più da quando ho capito che mi vuoi lasciare veramente. Ti amo, e

l'unica cosa che so è che domani ti amerò ancora di più. Vorrei dirti addio, amore mio, ma non ci riesco. Tu sei il mio chiodo fisso e non riesco a non pensarti; sento ancora le tue mani che mi accarezzano, le parole dolci che ci siamo detti in tutti questi mesi passati insieme. I tuoi occhi, la tua bocca lieve che mi sfiora... Alicia, come posso vivere senza di te?
Non posso credere che di me non te ne importa più niente. Eravamo due metà destinate a non separarsi mai, non era questo che mi dicevi sempre? E allora perché? Perché non possiamo provare ancora una volta? Posso cambiare, diventare come tu mi vuoi... io ho bisogno di te! Mi manchi così tanto!
Questa notte non ho dormito, ti pensavo; come ormai tutte le notti. Dove sarai domani, e con chi? Certo non con me! Provo un dolore immenso che mi distrugge, che non mi lascia mai, non mi fa neanche respirare.
I giorni passati con te sono stati i più belli della mia vita e non ti dimenticherò mai.
Sappi che io rimarrò qui ad aspettarti per poterti avere ancora qui, vicino a me! Quando leggerai questa lettera spero non riderai di me.
Ti amo.

Matteo

Una lacrima silenziosa mi solca il viso e rimango così, immobile, sul letto, per non so quanto tempo.

Decido di alzarmi che sono le undici passate. Sento riaffiorare i crampi della fame, vado in cucina. Uscendo percepisco dei rumori provenire dal soggiorno; mi fermo e riconosco la voce di Paolo, il fidanzato di mia sorella. Eccola lì. Fa tanto la santarellina e appena la mamma va via si porta a casa quel torso di Paolo, quanto non lo sopporto! Con quell'aria da 'so tutto io', proprio non capisco cosa ci trovi Martina in lui. Non è neanche carino; forse avrà delle qualità nascoste, sogghigno maliziosamente.

«Ma che diavolo sta succedendo...» dico, entrando e accendendo la luce.

Scattano in piedi tutti e due, mentre lui cerca di sistemarsi i capelli e i pantaloni nello stesso momento; patetico, penso. Martina ha il viso arrossato, e senza guardarmi si sistema la gonna.

«Oh, Paolo, non ti avevo sentito entrare, cosa stavate facendo?» continuo per niente imbarazzata.

Non aspettandomi risposta aggiungo con aria angelica: «Michi è già a letto? Non riesco a dormire, pensavo di guardare un po' di TV; vi dispiace se mi siedo un po' con voi?»

Martina mi incenerisce con lo sguardo, ma la ignoro e mi lascio cadere sul divano mentre addento un pezzo di polpettone freddo.

A volte sono veramente perfida, ma mi diverto e poi ho bisogno di scacciare la tristezza.

La mattina dopo mi sveglio che sono già le sette e mezza, Teo è saltato sul letto e non smette di abbaiare. Rassegnata mi alzo, guardo dalla finestra e vedo che sta piovigginando. Quanto odio la pioggia, specialmente se accompagnata da un vento gelido, come oggi, e sbuffando vado in bagno. Dopo la doccia apro l'armadio e rimango lì davanti indecisa; non so mai cosa mettere; alla fine scelgo i miei pantaloni neri preferiti, quelli che mettono in evidenza le mie gambe magre, e vado alla ricerca del pezzo di sopra. Passo i successivi dieci minuti a provare varie magliette e felpe e alla fine decido per quella rossa con il cappuccio; meglio stare comoda. Afferro lo zaino e sto per legare i capelli, poi cambio idea, oggi li lascio sciolti; sono il mio vanto, lisci, neri e lunghi, mi arrivano quasi alla vita. Mettono ancora più in evidenza i miei occhi verdi che trucco raramente; non sono molto brava in queste cose. Lavinia spesso mi dà dei consigli, lei è molto più esperta di me.

Martina, che dorme in camera con me, è già pronta per uscire insieme a Michele; quando la mamma fa il turno di notte, lo accompagna lei a scuola e io ogni tanto vado a riprenderlo all'uscita. Li saluto mentre entro in cucina e dopo venti minuti sono fuori casa anche io.

«Andiamo, Teo, sbrigati, non fare tanto il sofisticato, non abbiamo tempo oggi» gli dico, vedendo che vaga in mezzo ai cespugli senza concludere niente. Vado di corsa, devo ancora passare dalla nonna.

Lei vive a soli dieci minuti da casa nostra, anche se non è proprio sulla strada che faccio per andare a scuola; con la nonna siamo d'accordo che glielo lascio tutte le mattine e passo a riprenderlo dopo scuola; lei è contenta, Teo le fa compagnia.

Noi due siamo molto legate e lei mi capisce molto più di mia madre. È un po' sfasata e anche leggermente sorda, cosa che lei non ammette assolutamente; ma a parte questo è proprio simpatica e le voglio un bene dell'anima. Casa sua sa sempre di pulito, limone e lavanda sono i suoi profumi; comincio a sentirli già dalle scale, e anche a Teo devono piacere molto, perché appena entra in casa allarga le piccole narici per appropriarsi di quegli odori.

Ogni mattina è già di vedetta in finestra quando giro l'angolo del suo palazzo, sostiene di sentire il nostro profumo prima dell'arrivo. Poi mentre ci avviciniamo scende giù a prendere Teo, che ovviamente impazzisce per lei; secondo me lo riempie di cibo, anche se lei nega sempre. Spesso prima di tornare a casa mangio a casa sua; cucina da dio, non come mia madre che non capisce la necessità di perdere tanto tempo tra i fornelli.

Arrivo sotto casa che è già lì al portone, fremente.

«Sei in ritardo!» dice prendendo Teo dallo zaino e dandomi un bacio sulla guancia.

«Nonna, non ti ci mettere anche tu!» rispondo subito piccata.

«Permalosa, stamattina; cosa è successo, hai litigato di nuovo con tua madre ieri sera?»

«Sì, ma non ne voglio parlare» rispondo asciutta.

«Ti aspetto per pranzo?» urla mentre mi allontano.

«Okay, a dopo, baci» e alzo una mano in segno di saluto.

Non si merita di essere trattata in questo modo, penso mentre sorpasso in volata il semaforo che è diventato arancione.

2

...Una vita, cento vite,
la mia vita in cambio avrai...

Esco dall'aula, prendo Lavinia sotto braccio e la spingo verso il bagno.

«Cosa ti succede?» mi chiede con aria stupita.

«Non trovo più la mia collanina» le rispondo.

«Di quale parli?»

«Quella con il ciondolo a forma di cuore che mi ha regalato nonna Kiran l'anno scorso quando sono andata in India.»

«Noooo!»

«Sì, invece, pensavo di averla messa nello zaino, ma non c'è.»

«Ma la indossavi stamattina? Ne sei sicura?»

«Ma sì, lo sai che non la tolgo quasi mai!»

È vero, da quando sono tornata dall'India la porto sempre con me, ha un enorme valore affettivo.

Non posso averla persa; non posso! Devo ripensare a tutto quello che ho fatto questa mattina. Mi tocco istintivamente il collo; non c'è. Com'è potuto succedere? Quando sono uscita di casa l'avevo, ne sono certa. Forse allora mi è caduta in cortile, oppure sotto casa della nonna; ma no, non può essere, devo averla persa qui a scuola.

Passiamo tutto l'intervallo chiedendo in giro, ma niente, della collana neanche l'ombra. Mi viene da piangere, adesso come faccio? La nonna me l'aveva regalata con tanto amore, diceva che era un portafortuna, che non dovevo mai toglierla, per nessun motivo. E così è stato, da quando me l'ha data la tolgo solo quando facciamo ginnastica o giochiamo in cortile a pallavolo, come questa mattina; per paura, appunto, di perderla. Ricordo ancora il gesto di averla messa nella tasca interna dello zaino; ma forse mi sto sbagliando. Chiamo Martina, ma lei non ricorda di averla vista in camera nostra; forse è stata quella peste di Michele, mio fratello, che si diverte sempre a fare scherzi a tutti. Rientro in classe, la campanella è già suonata. La prof di italiano sta già distribuendo il compito.

Guardo le domande sul foglio senza vedere nulla; gli occhi mi si appannano.

«Alicia, tutto a posto?» mi chiede la prof avvicinandosi.

Rimango con gli occhi bassi sul foglio, se alzo la testa tutta la classe si accorgerà che ho le lacrime agli occhi.

«Sì, ho solo qualcosa che mi sta dando fastidio nell'occhio» le rispondo cercando di ricacciare indietro le lacrime; Lavinia mi stringe la gamba da sotto il banco.

«Vuoi andare in bagno a sciacquarti il viso?» ecco, se n'è accorta.

«No, grazie» rispondo e spero che i capelli mi coprano completamente il viso.

La campanella, finalmente! Raccolgo tutte le mie cose e corro verso la porta preceduta da Lavinia, ma la voce della prof mi blocca.

«Aspetta, Alicia.»

Guardo Lavinia in cerca d'aiuto, ma lei non sapendo che fare alza le mani in segno di scusa e corre via. Mi giro rassegnata.

«Sì?»

«Ti ho visto un po' distratta, tutto bene? A casa come va, i tuoi?»

«Grazie, professoressa, stiamo tutti bene.»

«Sicuro? Oggi dopo la ricreazione avevi una faccia triste» e fa una pausa. «Se hai bisogno di qualcosa io sono qui, lo sai, no?»

«Sì, sì, grazie, è molto gentile, ma veramente non c'è niente, è che...» lascio la frase a metà e mi mordo un labbro.

«Sì?» mi guarda sollecita.

«No, niente, una stupidaggine, cioè non proprio, insomma, prima ero agitata perché ho perso un ciondolo a cui tenevo molto.»

Lei mi guarda prima stupita, poi più rilassata.

«Mi hai fatto preoccupare! Non te la prendere, ne troverai un altro ancora più bello» risponde sorridendo mentre scendiamo le scale della scuola, ma prima di salutare mi promette che chiederà agli altri insegnanti.

Arrivo alla bici un po' risollevata e mentre la slego mi guardo in giro alla ricerca di Lavinia, ma non la vedo, è scomparsa. Le mando un sms risentita; ma poi mi ricordo che aveva detto di andare di fretta.

Poco lontano c'è la solita compagnia che parlotta, Marco e gli altri; lui è più grande di me di un anno, ma a vederlo non lo diresti, magrolino con bei capelli lunghi color castano, che si tocca sempre; Lavinia gli muore dietro. È caruccio, ma non è il mio tipo, e poi frequenta dei tipi che non mi piacciono per niente.

Mi vede, fa un cenno con la testa ma, cosa insolita, non si avvicina; strano, penso, mentre salgo in bici e mi butto su via del Cestello; forse anche a lui oggi girerà storto!

«Che ci fai a casa a quest'ora e senza Teo? Non sei passata dalla nonna?» chiede mia madre dalla cucina.

«Ancora no, vado tra poco. Sono venuta qui perché dovevo controllare una cosa.»

Mi guarda con aria interrogativa.

«Be'... ecco, te lo dico ma non ti allarmare; non trovo più il ciondolo di nonna Kiran.»

«Cosa?» chiede con occhi di fuoco.

Lo sapevo, non dovevo dirglielo. Qui si mette proprio male.

«Non arrivare a conclusioni affrettate. Sono sicura di averlo lasciato a casa; volevo solo accertarmene» mi difendo.

«Lo spero per te. È sempre la stessa storia, non presti attenzione a niente, ti perdi tutto. Lo sai quanto la nonna teneva a quel ciondolo? Sono stata una stupida, non dovevo fartelo regalare, sei un'irresponsabile» risponde scuotendo stancamente la testa. Non so se esagero, ma forse le ho visto delle lacrime agli occhi.

«Basta mamma, smettila. Mi tratti sempre male; ancora non sai niente e già salti alle conclusioni, che guarda caso danno sempre la colpa a me. Sei ingiusta!» e fuggo in camera mia sbattendo la porta. Ora tocca a me piangere.

Rigiro tutta la stanza, ma del mio ciondolo neanche l'ombra, e anche Michele, dopo averlo minacciato ben bene, si dichiara innocente; così dopo mezz'ora sono costretta ad accettare la perdita ed esco prima che mia madre mi faccia altre domande.

Arrivo dalla nonna stravolta; mangio in silenzio e mi butto sul divano; Teo si acciambella su di me come un gatto e provo a pensare a qualcosa di bello per tirarmi su il morale.

Chiudo gli occhi e mi appare Jaipur, la città rosa, che si trova nel nord dell'India; così chiamata per via dei colori delle case. Eravamo finalmente arrivati lì dopo un tragitto allucinante e ci sentivamo ancora tutti scombussolati; quegli odori così forti, il caldo, il caos, la gente, le biciclette, i risciò, le automobili e gli animali che ti travolgevano. Noi tre, seduti dietro con nostra madre, eravamo attaccati al finestrino dell'auto, a guardare imbambolati le strade; era tutto così diverso, nuovo per noi. Avevamo affittato una macchina appena arrivati all'aeroporto e mamma aveva pensato che era meglio muoversi con l'autista per via delle strade mal ridotte e della scarsa segnaletica; così alla fine mio padre aveva ceduto.

Il guidatore, un indiano piccolo e magro, si rivolgeva sempre e solo a mio padre. Ogni volta che mia madre chiedeva qualcosa, lui la ignorava completamente o rispondeva guardando mio padre, che rideva divertito.

Finalmente avremmo conosciuto la famiglia di mia madre e tutti sentivamo la sua tensione; non era più tornata a casa da quando si era sposata con papà; quanti anni erano passati? Diciotto, un'eternità! Mio padre, per allentare l'aria, aveva proposto una fermata, e così eravamo scesi a fare un giro. Io e Martina sembravamo come impazzite, tutte quelle donne con i vestiti coloratissimi e braccialetti che tintinnavano a ogni passo; per non parlare delle mani dipinte. Ci tiravamo la maglietta ogni minuto: guarda Martina quel tipo buffo con il turbante. Uuuh, Alicia, un cammello. Oddio, una mucca che passeggia per strada; pazzesco, ci sembrava di essere in un film.

Girovagando un po' tra le vie arrivammo davanti al famoso 'Palazzo dei Venti'. Mia madre si appoggiò a una macchina parcheggiata lì vicino e si mise a raccontare che il palazzo era stato fatto costruire da un maharaja per permettere alle sue mogli e alle donne della casa reale di osservare la vita quotidiana e seguire le processioni, senza essere viste dall'esterno. Infatti da fuori non è possibile vedere nulla perché le infinite finestre rosa traforate, che costellano tutti e cinque i piani del palazzo, sono fatte a nido d'ape; quindi se sei vicino guardi dall'altra parte, ma in lontananza non vedi niente.

«Cosa stai facendo?» chiede la nonna riportandomi alla realtà.

Un po' trasognata apro gli occhi. «Nonna, peccato che non sei venuta; l'India ti sarebbe piaciuta sicuramente.» Lei sorride, mi scompiglia i capelli, si siede vicino a me e io l'abbraccio.

Mi fa tenerezza, è paffutella, con i capelli completamente bianchi, raccolti in cima; porta sempre un grembiule a quadretti o fiorellini che toglie solo quando esce. Non la so immaginare diversa da così. Tiene sempre la TV accesa e ama i documentari, specialmente quelli sugli animali, per questo sono convinta che un viaggio come quello che abbiamo fatto le sarebbe piaciuto moltissimo. Non ha mai viaggiato, il nonno doveva essere un tipo poco espansivo, molto vecchio stampo, a cui non piaceva muoversi. Appena morto, dieci anni fa, lei è rinata, sostiene mia madre. Frequenta delle amiche, anche loro vedove, e spesso si riuniscono a casa per giocare a carte. Non ha mai guidato, non ne ha mai avuto bisogno, tutto quello che le serve è lì a portata di mano: il bar, il mercato, la farmacia, il forno, l'edicola. Si muove sempre a piedi e devo dire che è una grande camminatrice, e adesso con Teo lo è ancora di più.

Rimango da lei ancora un'ora raccontandole frammenti del viaggio; lo conosce a memoria, ma ama sentirlo e risentirlo da me o dai miei fratelli. Le si illuminano gli occhi! Per me è una grande gioia.

La lascio che sono le quattro passate, e mentre torno a casa ripenso al ciondolo smarrito e mi intristisco di nuovo. Dopo aver fatto i compiti di latino cerco Lavinia su msn.

«Ehi, cosa combini?» Io.

«Ciao, finalmente una voce amica, oggi sono depressa.» Lavi.

«Dillo a me :-(» Io.

«È vero, dimenticavo, poi non sei riuscita più a trovarla?» Lavi.

«Macché.» Io.

«Che peccato. Senti che ne dici di fare qualcosa di speciale domani, per tirarci su di morale?» Lavi.

«È un'idea, ma tipo?» Io.

«Ali, che fine hai fatto?» Luca.

«Ciao, Luca, sono contenta di sentirti, dove sei?» Io.

«A casa, sto aspettando Endy.» Luca.

In quel momento ho un'idea, ne parlo con Lavinia e insieme decidiamo di invitare i due a Bologna, in fondo da Modena non ci vuole molto. Luca accetta subito senza pensarci troppo e rimaniamo di sentirci più tardi per sapere cosa ne pensa Endy.

Volevamo passare un pomeriggio divertente, no?

Sabato, ore sedici in punto, io e Lavi siamo a piazza Maggiore, vicino alla fermata dei taxi, aspettando i due tipi. Ridacchiamo nervose, in effetti è la prima volta che organizziamo un incontro al buio. Forse non dovevamo, penso guardandomi intorno. Per l'occasione ho messo una gonna jeans con degli anfibi e sopra una maglia forse troppo aderente, che mette in evidenza il seno già di per sé abbondante; non dovevo dare retta a Lavinia. Mi sono anche truccata un po', lucidalabbra rosa e ombretto verde, e mi sono fatta la treccia. Anche la mia amica, che è molto più alta di me, bionda con gli occhi azzurri, ha deciso di mettere una gonna corta, ma ai piedi porta un paio di All Star colorate con delle stelline; il fatto dell'altezza le crea qualche problema, ha sempre paura di essere più alta dei ragazzi.

Continuiamo a guardarci intorno imbarazzate, cercando di individuarli. Due ragazzi stanno venendo verso di noi, no, speriamo che non siano loro. Do una gomitata a Lavinia, ma per fortuna i due girano prima; respiro sollevata.

«Alicia, Lavinia?»

Ci giriamo di scatto e troviamo due ragazzi a un passo da noi. Chissà perché quando parli con qualcuno, prima di conoscerlo, ti fai sempre un'idea diversa. È vero che in questo caso avevamo già visto le loro foto, ma è sempre un'altra cosa dal vivo. Non si può dire che rimaniamo abbagliate dalla loro bellezza, ma neanche l'opposto. Ci presentiamo, compreso

Teo, e decidiamo di andare a bere qualcosa in un pub poco lontano. Si rivelano subito molto simpatici, alla mano, e il tempo sembra volare. Ci raccontano della loro scuola, della città di Modena, delle loro passioni. Luca dall'età di dieci anni gioca a pallavolo, e in effetti ha un fisico molto slanciato e atletico; Endy invece ama correre in bici. Senza rendercene conto ci troviamo a ridere come vecchi amici; sono delle sagome, battute a non finire. Usciti dal pub decidiamo di fare un giro, anche per far sgranchire Teo che sta cominciando a spazientirsi; così andiamo verso la zona universitaria e, senza sapere come, mi ritrovo a camminare avanti con Endy e Lavinia dietro con Luca. Che strano, pensavo di piacere io a Luca; meglio così, in fondo Endy non mi mette a disagio come l'altro e così posso finalmente rilassarmi; la paura di aver fatto un errore ad aver accettato questo invito è completamente svanita. Gli racconto della mia famiglia, delle mie origini, della mia passione per i film. Lui rimane affascinato e sembra che mi guardi quasi in modo diverso. Ho come l'impressione che avergli detto di essere mezza indiana lo abbia colpito, chissà perché. Mi chiede ancora di mia madre e così racconto anche a lui del viaggio; non starò diventando troppo fissata? Percorriamo tutta via dei Mille e arriviamo alla stazione che è ormai buio. Mentre ci salutiamo con un bacio sulla guancia, vedo con la coda dell'occhio Luca baciare il collo di Lavinia, che presa in contropiede si allontana di scatto rossa in viso; lei sta per replicare qualcosa, ma lui senza aspettare le sorride, si gira e si allontana insieme all'amico.

Scoppio in una risata fragorosa e mi piego in due.

«Lavi, dovresti vedere la tua faccia, sembri un merluzzo» dico divertita.

«Alicia, non posso crederci, mi ha baciato.»
«Sul collo.»
«E allora? Mi ha sempre baciato.»
«Che vuoi che sia un bacio sul collo?» e ridendo infilo il mio braccio nel suo e ci allontaniamo. In effetti un pizzico di invidia l'ho sentito quando lui l'ha baciata, anche se sono contenta per Lavinia.

Arrivo a casa alle otto in punto, ma mia madre sembra non notare la mia puntualità, o forse è ancora arrabbiata con me; ma sono di ottimo umore e così entro in cucina e apparecchio, chiedendole com'è andata la giornata.

Prima di andare a letto racconto del pomeriggio fantastico a Martina e le chiedo se domani vuole venire con me e Lavinia al mercato dell'usato a fare un giro; lei accetta contenta.

Sono quasi le undici e come al solito al mercato c'è parecchia gente; Teo l'ho lasciato dalla nonna, così non si stressa con tutta questa confusione. Giriamo per un'ora abbondante; Lavinia compra una gonna corta rossa e Martina una camicia bianca con delle perline sui polsini. Ci fermiamo incuriosite a una bancarella di oggetti etnici che vende sciarpe, bracciali e anelli. Più in là un ragazzo sta osservando da vicino una collana, la rigira tra le mani e qualcosa attrae la mia attenzione, così mi avvicino a lui con aria indifferente. Guardo meglio l'oggetto che tiene tra le mani e mi si gela il sangue. Non può essere, eppure sì, sembra proprio lei, la mia collana, quella che pensavo di aver perso!

«Scusa, posso vederla?» chiedo al ragazzo forse in modo troppo brusco.

Lui sembra infastidito dalla mia intrusione e riluttante me la passa.

Ma sì, è proprio lei!

«Lavinia, Martina, guardate un po'!» gli dico alzando la collana.

«Ehi, ma che fai, l'ho vista prima io» incalza lui cercando di riprenderla.

«Cavolo, Ali, è la collana di nonna Kiran» continua Martina.

«È proprio uguale alla tua» aggiunge Lavinia.

«No, è la mia, ne sono sicura!» insisto ormai convinta.

«Ragazze, che succede?» interviene il proprietario del banco.

«Questa collana è uguale, identica a quella che ho perso l'altro giorno a scuola» continuo risoluta.

«Sicuramente ti sbagli, forse le somiglia» e girando intorno al banchetto afferra la collana e la rimette a posto.

«Veramente la volevo comprare» si intromette il ragazzo.

«Vuole che le faccio un pacchetto?» risponde sorridendogli.

«Quanto costa?» chiede Martina.

«Cinquanta euro.»

Cavolo, un botto, e chi ce l'ha tutti quei soldi? Ma non posso perderla di nuovo, è un segno del destino se l'ho ritrovata. Guardo loro in cerca di comprensione.

«Ti prego, posso comprarla io? Sono sicura che è la mia collana, ci sono veramente affezionata.»

«Mi dispiace, è un regalo per la mia fidanzata» conclude il ragazzo per niente impressionato, tira fuori i soldi, afferra il pacchetto e si allontana.

No, non può finire così.

Lo rincorro. «Ti prego, è veramente importante,

scusami, non voglio essere invadente, ma per me ha un valore inestimabile» insisto affiancandolo.

Lui non si ferma.

«Non insistere, non te la do, e poi non ci credo a quella storia, è una balla.»

«La compro al doppio.»

«Smettila, sei un tipo proprio invadente.»

Che cafone! Se non c'era di mezzo la collana l'avrei già insultato; ma non posso. Così provo a essere il più carina possibile; mi calmo, respiro, tiro fuori il mio sorriso migliore e gli taglio la strada mettendomi a due millimetri da lui. «Scusami» dico appoggiando leggermente la mano sul suo braccio.

«Posso presentarmi? Io sono Alicia» aggiungo socchiudendo gli occhi con aria accattivante e sfoderando un mega sorriso.

Lui mi guarda, abbassa gli occhi sulla mano e toglie il braccio; rimane un secondo disorientato, poi si rilassa, fa un passo indietro e finalmente sorride.

«Davide.»

«Ciao, Davide; senti, ti devo una spiegazione, mi permetti? Non voglio pensi di aver conosciuto una pazza.»

«Be', in effetti... ma non ho tempo, mi dispiace, devo andare.»

«Ti rubo solo un momento, ti prego» e mi riavvicino pericolosamente.

Vedo i suoi occhi socchiudersi e vagare sulla mia figura per poi distogliere velocemente lo sguardo imbarazzato.

«Okay, ma solo cinque minuti.»

Sorrido ancora.

«Grazie.»

Faccio un cenno a Lavinia e Martina e ci sediamo

su una panchina libera, in un giardinetto lì vicino. Mi sento un po' nervosa, ma dopo i primi minuti mi tranquillizzo e gli racconto del significato e valore del ciondolo. Davide mi guarda con scetticismo, poi mano a mano lo vedo rilassarsi e alla fine rimanere completamente affascinato dal racconto della festa che i parenti della mamma organizzarono per noi e del rituale di nonna Kiran nel regalarmi la collana.

Rimaniamo in silenzio, lui sembra indeciso.

«Mi piacerebbe poterti ridare questo regalo, ma non posso proprio, l'ho comprato per la mia ragazza, oggi è il nostro anniversario; è un anno che stiamo insieme. Lei adora questi gioielli e io non ho più il tempo di andare a cercarne un altro. Non sai quanto mi dispiace, scusa, ma adesso devo andare» e si alza.

Capisco che non c'è motivo di insistere, così mi alzo anch'io. Prendo un pezzetto di carta dal mio zaino, gli scrivo sopra il numero del cell, il mio nome e gli disegno il ciondolo che è a forma di cuore... Chissà, magari si intenerisce.

«Nel caso dovessi cambiare idea.» Gli tendo la mano, lui prende il foglietto senza guardarlo e si gira. Senza aggiungere altro, si allontana.

Mi risiedo sulla panchina; è la fine, non la rivedrò mai più, chiudo gli occhi, poi li riapro. Mi guardo intorno, il posto lascia molto a desiderare. Qualche cespuglio sporadico, un paio di alberi; per il resto ghiaia e terra. Il luogo è quasi deserto anche se è domenica mattina e c'è il sole; due signore anziane parlano poco lontane, sedute su una panchina mentre i loro isterici cani si abbaiano a vicenda. Respiro profondamente mentre richiudo gli occhi. L'odore di terra mi piace, ha un che di selvatico; una folata di vento mi scompiglia i capelli risvegliandomi dal torpore, così mi alzo con riluttanza e m'incammino con passo pesante. Peccato aver conosciuto questo Davide in una circostanza così spiacevole, non mi è sembrato per niente male. Sicuramente sarà più grande di me di almeno due anni; alto, magro, capelli scuri corti, occhi marroni e labbra carnose come piacciono a me, per non parlare di quel piccolo neo proprio sopra il labbro superiore, così sexy. Scuoto la testa e sorrido dei miei pensieri, non mi smentisco mai: sono la solita, come dice sempre Lavinia: 'I ragazzi ti piacciono troppo!'

3

...Un abbraccio, cento abbracci,
qualche carezza avrò da te...

«Allora?» chiede Lavinia impaziente.

«Niente da fare, non ne ha voluto sapere» rispondo mentre mi siedo tra loro due. Siamo vicino al bar della piazzetta.

«Che peccato; e ora che si fa?» chiede Martina.

«Non lo so, ma non voglio arrendermi.»

«In che senso? Ormai è andata.»

«Non lo so; ci penserò domani» dico, e le prendo sottobraccio tutte e due.

«Comunque non era niente male quel Davide» continua Martina.

Io e Lavinia ci guardiamo. «Ehi, guarda che sei fidanzata!» le urliamo, ridendo in coro.

«Mica ho detto niente di male» si difende ridacchiando.

«Martina, hai mai raccontato a Lavinia di quel fico pazzesco che ti sei rimorchiata in India?»

Lei diventa tutta rossa, prova a protestare, ma ormai è andata; Lavinia quando fiuta qualche storia piccante non molla l'osso finché non soddisfi la sua inesauribile curiosità.

Eravamo ormai da una settimana nel villaggio dei nonni materni. Dormivamo in albergo perché mia madre era stata categorica; voleva sentirsi libera senza dover giustificare ogni movimento o sentirsi in colpa con la famiglia. All'inizio era stato imbarazzante, loro si erano offesi, pensavano che non li consideravamo alla nostra altezza; poi avevano ceduto. L'albergo si trovava nella via principale del villaggio e l'entrata era un grosso cancello di ferro che portava a un cortile interno; era molto carino, probabilmente doveva essere appartenuto a qualche famiglia molto ricca, caduta in disgrazia. Le camere davano sul cortile ed erano situate al primo piano, accessibili tramite un ballatoio che girava tutto intorno. Avevamo preso due stanze comunicanti, una per i miei e l'altra per noi tre. La mattina facevamo colazione in un lato del cortile, all'aperto, sotto un pergolato. Ci serviva sempre un ragazzo indiano di nome Bhaskar, di una bellezza sconvolgente; dal primo momento che eravamo arrivati lui aveva messo gli occhi addosso a mia sorella e lei aveva perso completamente la testa. Appena ci sedevamo al tavolo arrivava di corsa e con un sorriso smagliante chiedeva come avevamo dormito, ma i suoi occhi erano solo per lei. Le lasciava sempre dei piccoli regali: un fiore vicino alla porta, un frutto in più sul suo piatto; ormai lo sapevano tutti, anche i miei si divertivano a prenderla in giro.

Il quarto giorno mia sorella trovò sul suo cuscino un biglietto.

'A te, Martina, un piccolo bacio, che possa racchiudere l'amore più grande. B.'

Come aveva scoperto da che lato dormiva?

Due giorni dopo ne trovò un altro tra le pieghe del suo tovagliolo.

'Tu sei il dono più prezioso per me. B.'

Decisamente era un ragazzo tenace, pensavo divertita, certo un po' antiquato, ma bisognava considerare che viveva in un altro paese, e forse lì con le dichiarazioni erano ancora molto formali.

In quei giorni Martina era diventata più distratta e spesso la scoprivo con lo sguardo perso a sorridere da sola. Alla fine del settimo giorno capì che bisognava aiutare la sorte; ma Bhaskar mi prevenne.

Un pomeriggio, di ritorno dai nostri pellegrinaggi, Michele trovò l'ennesimo biglietto sulla maniglia della porta: 'Ti aspetto domani alle sette sulla terrazza per farti vedere il tramonto; ti prego, vieni, ho una sorpresa per te'... Che romantico! Urlando come un forsennato mio fratello si è lanciato verso la porta dei miei, agitando in mano il foglietto; in un secondo io e Martina gli siamo saltate addosso e l'abbiamo placcato.

«Wow, Marti, e tu cosa hai fatto?» chiede Lavinia elettrizzata.

«Mi veniva da ridere, era pazzesco, non mi era mai successa una cosa simile, ma lui era bellissimo, aveva due grandi occhi neri, con ciglia lunghe e un sorriso, un sorriso irresistibile» ride trasognata.

Ovviamente voleva andare all'appuntamento, ma c'era un problema, anzi due: i miei e Michele. Così alla fine abbiamo barattato il silenzio di Michi per dieci euro, cinque per uno; sapevamo che stava risparmiando per comprare un gioco per la PlayStation a cui teneva molto; e il giorno dopo verso le sei, prima di passare dai parenti per un saluto, ci siamo fatte lasciare tutte e due in albergo, con la scusa che eravamo molto stanche.

Alle sette in punto, con la testa fuori dalla porta, abbiamo intravisto Bhaskar nascosto dietro una colonna e così, per non permetterle di cambiare idea, ho spinto Martina fuori dalla stanza. Ho aspettato due minuti, poi, morendo dalla curiosità, li ho seguiti; ma questo lei non lo sa!!!

Arrivata in cima alle scale mi aspettava uno spettacolo indescrivibile. Il posto era fantastico, da mille e una notte; la terrazza era su diversi livelli, collegati gli uni agli altri da ampi gradini. Il bianco del pavimento mandava una luce irreale accentuata dai raggi del sole che filtravano tra le nuvole, creando dei giochi di luce che andavano dal giallo al rosso, passando per l'arancio e il cielo era di un azzurro intenso con squarci di viola e blu; sembrava che qualcuno l'avesse dipinto a mano e messo lì per noi. Salito l'ultimo gradino, sono rimasta a bocca aperta, si vedeva tutto il villaggio e oltre, fino al deserto.

Martina e Bhaskar si tenevano per mano; lui le indicava dei punti lontani e lei rideva un po' imbarazzata. In quel momento una musica si è diffusa dolcemente e, sporgendomi, ho notato due ragazzini accovacciati a terra con degli strumenti in mano; roba da non crederci, aveva fatto venire anche i suonatori! Peccato che non avevo con me il cell o la macchinetta fotografica, era una scena pazzesca. Mia sorella su un tetto di un palazzo mentre balla tra le braccia di un ragazzo indiano... certo, hanno anche ballato! Per un momento l'ho invidiata; era tutto così emozionante, avvolgente e lui era così tenero e quando alla fine si sono baciati non ce l'ho fatta, mi sono spuntate le lacrime e sono fuggita via.

«E com'è stato il bacio?» chiede Lavinia trasognata.

«Non lo so, non ho più capito niente. Mi ricordo solo che è stato fantastico, come lo vedi nei film, e lui era così dolce; per tutto il tempo mi ha stretto a sé, continuando a dirmi parole carine.»

«Ma in che lingua ti parlava?»

«In inglese, ma parole semplici, elementari.»

«Tipo?»

«Lavinia!»

«E dài, ti prego, non puoi lasciarmi così sul più bello.»

«Be', le frasi che si dicono in queste situazioni.»

Mia sorella è visibilmente imbarazzata.

«Dài, Lavi, le avrà detto 'I love you'» aggiungo io in modo teatrale mentre mimo la scena. Lavinia scoppia a ridere.

«Smettetela tutte e due!» risponde Martina risentita.

«Ma è una storia pazzesca!» conclude Lavinia emozionata. «E poi cosa è successo?»

«Ci siamo visti ancora un paio di volte di nascosto. Ma niente di più; due giorni dopo siamo partiti.»

«E non l'hai più sentito?»

«Ci siamo scritti per un po', poi improvvisamente lui ha smesso.»

«Oooh! Come mai?»

«Non lo so; nell'ultima lettera diceva che era stato ammesso a un college ed era molto occupato con i preparativi della partenza; ha giurato che mi avrebbe scritto una volta sistemato, ma così non è stato.»

Vedo gli occhi di mia sorella farsi lucidi; è tutta colpa mia, perché ho tirato fuori quest'argomento? Lo so che per lei questa storia è stata molto importante, anche se è durata pochi giorni, o forse dovrei dire poche ore. Una volta, per sbaglio, ha lasciato sulla scrivania il suo diario e, non riuscendo a resistere, l'ho aperto e ho scoperto che aveva conservato le lettere e tutti i biglietti d'amore che lui le aveva scritto dalla prima volta che l'aveva incontrata. Erano attaccati alla pagina del venti ottobre, con vicino un suo commento: 'Ore 23,30. La notte si avvicina ma io non voglio chiudere gli occhi. Ho paura, ho paura perché non mi cerchi più. Hai già smesso di amarmi? Forse dovrei aspettare ancora, ma il tempo mi sta sfuggendo e ormai mi sembri solo un miraggio. Che cosa sarà mai successo? Mi hai forse ingannata? O sono io che mi sono illusa? Spero tu non sia stato solo un sogno.'

Vorrei abbracciarla ma mi trattengo, non ama le effusioni e si imbarazza facilmente; così il silenzio cala tra di noi. Peccato che sia andata in questo modo, si sarebbe proprio meritata una bella storia; almeno così, forse, avrebbe lasciato finalmente Paolo. Non fa per lui, e sono convinta, anche se non dovrei dirlo, che con un altro ragazzo Martina sarebbe un'altra persona, più solare e più bella. Insieme a Bhaskar era così felice e innamorata, gli occhi le brillavano e rideva continuamente. Forse esagero, ma ho la sensazione che stia con Paolo solo perché tutti, a partire dai miei, dicono che è tanto un bravo ragazzo, che le vuole bene, che è proprio fortunata ad aver trovato uno che l'adora così tanto.

Ma ogni volta che provo ad affrontare questo argomento, lei cambia subito discorso.

Dopo essere passate dalla nonna a prendere Teo, arriviamo finalmente a casa, e mia madre invita Lavinia a pranzo.

Il pomeriggio passa in un baleno mentre ci scriviamo con Luca ed Endy. Lavi ha deciso che vuole approfondire meglio la sua conoscenza, in fondo il bacio non le è dispiaciuto per niente. Da parte mia invece non c'è interesse a rivedere Endy, anche se mi fa piacere se ogni tanto ci scriviamo.

Oggi la giornata è bella, voglio portare Teo a fare una corsa, penso, mentre pedalo diretta dalla nonna. Appena salgo i gradini lui mi viene incontro scodinzolando.

«Tesoro, come stai? Quanto mi sei mancato!» Lo prendo in braccio e lui, felice, mi lecca la mano; profuma della nonna. Abbaia eccitato. «Sì, sì, lo so che vuoi giocare, ma prima fammi mangiare e poi ti porto fuori» gli dico rimettendolo a terra. Lui non si dà per vinto, si allontana e torna subito dopo con una pallina in bocca che lascia cadere proprio sopra i miei piedi, poi mi guarda e scodinzola.

«Ti prego, Teo, sono affamata, dopo» provo ad allontanarmi ma niente, insiste; mi guarda implorante.

«Nonna, per favore, potresti distrarre un po' Teo mentre mangio?» le chiedo entrando in cucina. Che odorino e alzo tutti i coperchi sui fornelli: spezzatino al sugo e tortellini, dio quanto mi piace mangiare dalla nonna.

«Alicia, tesoro, siediti che ti porto qualcosa. Intanto raccontami, a scuola come va?»

«Le solite cose.»

«E con l'inglese come te la cavi?»

«Difficile, a volte penso che non potrò mai parlare un'altra lingua veramente.»

«A chi lo dici!»

Rido divertita all'idea della nonna che parla inglese.

Squilla il cell, guardo il numero ma non lo riconosco.

«Pronto?»

«Alicia?»

«Sì, chi parla?»

«Ciao, sono Davide.»

«Davide chi?» In realtà l'ho riconosciuto, ma faccio un po' la scena.

«Ci siamo conosciuti domenica al mercatino dell'usato, ho comprato la collanina che...»

Non lo lascio finire, può bastare.

«Ah, sì, certo, Davide, come stai?»

«Bene, senti ti chiamavo...»

Dimmi di sì, ti prego, dimmi che hai chiamato per ridarmi la collana.

«Sì...» lo incito.

«...per sapere se possiamo rivederci.»

Un tuffo al cuore, non mi dire che...

«Ma certo, quando, oggi? Alle quattro?»

Balbetta qualcosa, ma non capisco. Forse sono stata troppo frettolosa?

Alla fine accetta e ci diamo appuntamento davanti ai giardini Margherita. Riaggancio.

«Sììì!» urlo saltando dalla sedia e andando ad abbracciare la nonna.

Non sto nella pelle, sono così felice che non riesco a stare ferma. Mentre continuo a saltare racconto tutto alla nonna; lei ride divertita.

«Senti un po', ma è per la collana o per lui?»

La guardo ridendo, l'ho sempre detto che è troppo forte la nonna.

«Per la collana, ma anche lui, nonna, dovresti vederlo, è uno schianto» le confido e addento un tortellino.

«Ma Matteo che fine ha fatto? Possibile che vi mettete e lasciate con questa facilità?»

«Non è vero, con lui sono stata più di un anno.»

«Ah, be', allora» dice sarcastica.

«Davide è diverso, comunque non ci sono possibilità con lui, è superimpegnato.»

Lei mi guarda ma non aggiunge altro.

Lavinia non riesce a crederci; sono la solita fortunata.

Ha voluto accompagnarmi all'appuntamento e ora siamo sedute sul prato. Teo scorrazza da una parte all'altra, annusando continuamente per terra e rincorrendo tutti gli uccelli che si avvicinano; si deve sentire molto cane da caccia, anche se non lo è affatto. Ogni tanto sparisce dietro qualche cespuglio per riapparire subito dopo portandomi rami di tutti i tipi; così ne lancio uno e lui parte all'inseguimento per poi tornare tutto soddisfatto con il ramo tra i denti; forse si sente anche cane da riporto.

«Guarda che non sono sicura che voglia restituirmela.»

«E allora perché ti ha richiamato?»

«Non lo so, io spero che sia per la collana, ma prima al telefono non ho avuto il coraggio di chiederglielo; voglio sperare, e poi...»

Lavinia mi guarda e capisce.

«Ti piace.»

«Non l'ho detto.»

«Alicia!»

«Sì, mi piace e sì, lo so, è fidanzato.»

«Appunto.»

«Non ho detto che voglio farci niente, solo che è così carino.»

Mi dà un pizzico sul braccio.

«Okay, faccio la brava.»

Lavinia si alza dalla panchina, guarda l'orologio e mi fa promettere di chiamarla appena Davide se ne va. Mi conosce meglio di chiunque altro; sono come un libro aperto. È questo che mi piace di lei, la sua perspicacia, intelligenza e schiettezza. Capisce al volo le persone o le situazioni, e se c'è una cosa che non le sta bene te la dice subito, senza tanti giri di parole. Appena l'ho conosciuta, con quegli occhi svegli e il sorriso sincero, ho capito subito che saremmo state amiche.

Guardo il cell, sono le quattro e cinque, è in ritardo, oppure ha cambiato idea. Teo si avvicina stravolto, ha la lingua penzoloni e si sdraia vicino ai miei piedi. Mi sento irrequieta, così per calmarmi mi metto a leggere un libro che porto sempre con me, *A piedi nudi, a cuore aperto*. È la storia di un amore che sembra impossibile, mi ricorda quella dei miei genitori. Aspetto altri cinque minuti e poi vado via, penso sempre più nervosa; forse si è preso gioco di me. Lo sento arrivare prima ancora di vederlo; non saprei dire perché, ma capisco che è lui dal rumore della ghiaia che si muove sotto il peso delle scarpe; strano, l'ho intravisto solo una volta e per pochi minuti. Mi impongo di non alzare la testa e aspetto che si avvicini ancora di più.

«Alicia, ciao, scusa per il ritardo» dice trafelato mentre si ferma a un centimetro dai miei piedi. Teo alza la testa, gli annusa le scarpe e si rimette giù; che fifone, non è neanche un cane da guardia!

«Davide, ciao, non ti preoccupare, stavo leggendo» sorrido alzando lo sguardo su di lui. Eh sì, non è affatto male, penso, notando le sue spalle accentuate e la pancia piatta che si intravede da sotto il giaccone.

«Siediti» continuo.

«No, camminiamo, preferisco.»

Sembra nervoso. Forse ha paura che la fidanzata lo veda con un'altra.

Prendo Teo, lo metto nello zaino e solo in quel momento lui sembra notarlo per la prima volta.

«Che carino, è tuo? Come si chiama?» Lo prende in braccio e lo accarezza. Teo non se lo fa dire due volte, si scioglie come neve al sole; comincia a leccarlo e a scodinzolare senza vergogna. Rido divertita e Davide sembra rilassarsi.

«Dove abiti?» gli chiedo non sapendo cosa dire, mentre rimetto Teo nello zaino e ci incamminiamo.

«In una traversa di via Marconi.»

«Allora non siamo lontani, io sono vicino a via Urbana.»

Le nostre spalle si toccano, o meglio la mia spalla e il suo braccio, è decisamente più alto di me. Ogni tanto lo scopro mentre posa il suo sguardo su di me.

«Senti, devo dirti una cosa» comincia e si ferma subito dopo.

«Sì...»

«Riguardo al tuo ciondolo, quello di cui mi avevi parlato l'altro giorno.»

Trattengo il fiato, ecco ci siamo.

«Sì...»

«Be', insomma, ho ripensato a quello che mi hai detto, alla storia del regalo di tua nonna, quella indiana, e alla fine credo sia giusto ridartelo.» E tira fuori dalla tasca un pacchetto.

«Ma il regalo alla tua fidanzata? Come hai fatto? Anche lei è d'accordo?»

Non so cosa dire. Non ci speravo più, o meglio, ci speravo, ma sapevo che era impossibile.

Apro il pacchetto con mani tremanti, prendo tra le mani la collana e la porto al cuore.

«Davide, tu non sai quanto mi hai fatto felice, non puoi immaginare, non potevi farmi un regalo più bello» dico in un sussurro e con le lacrime agli occhi.

«Ma no, figurati, sono contento, in questi giorni ho ripensato alle tue parole e mi sono convinto che questa era la cosa più giusta da fare; anche Giulia, la mia fidanzata, è d'accordo. Dài, indossala» continua. Non me lo faccio dire due volte, prendo la collanina e me la metto al collo; bentornato a casa, penso accarezzando il ciondolo.

«Cosa te ne pare?» chiedo catturando i suoi occhi con i miei.

«Bellissima» dice in un soffio. Rido divertita. Sono talmente euforica che non riesco a stare ferma. Riprendiamo a camminare per il centro, fermandoci solo in un bar a bere una Coca. Parliamo delle nostre famiglie, della scuola; rimaniamo sorpresi nello scoprire la stessa passione per i film e la musica. Mi racconta che si allena tutti i giorni con una squadra di nuoto. Ridiamo insieme del modo in cui ho cercato disperatamente di riavere indietro la collana; in principio aveva pensato fossi una una tipa squilibrata che volesse raggirarlo. Alla fine non resisto più e gli chiedo di Giulia, ma lui rimane molto evasivo, mi racconta solo che si sono conosciuti a scuola. Camminiamo ancora, poi guardo l'orologio.

«È tardi, devo tornare a casa.»

«Okay. Sono stato molto bene, e sono contento che tu abbia recuperato il tuo cuore.»

Il mio cuore l'ho smarrito di nuovo, vorrei dirgli, e un'emozione fortissima mi travolge; in uno slancio mi alzo in punta di piedi e gli butto le braccia al collo.

«Grazie, Davide, sei un tesoro, non lo dimenticherò» e lo bacio sulle labbra.

Lo sento irrigidirsi; così sciolgo l'abbraccio e abbasso la testa imbarazzata.

«Scusa... devo andare, ciao» e fuggo via. Oh, mamma, ma che figura ho fatto? Che mi ha preso?!

Mentre torno verso la bici mando un sms a Lavinia.

«Ho di nuova la collana :-)»

«Lo sapevo, la solita fortunata... e lui?»

«Niente da fare, superfidanzato :-(»

«Come mai... il tuo fascino perde colpi?»

«A quanto pare non mi vede proprio; in uno slancio gli ho buttato le braccia al collo e l'ho baciato ma lui non ha apprezzato il gesto, si è addirittura irrigidito.»

«Noo, che vergogna!»

«Una figura pazzesca, da scavarsi la fossa.»

«Mi sa che ti devi accontentare della collana.»

«Forse.»

«Non ti arrendi?»

«Non lo so, vedremo se mi richiama. Tu con Luca?»

«Complicato un ragazzo in un'altra città, ma pare che venga questo week.»

«Fico.»

«Yes.»

«Vado a casa, a dopo.»

«Okay, baci.»

Mentre accelero per prendere il semaforo verde ripenso a Davide, e non riesco a togliermi di dosso il suo odore, così intenso e forte. Vediamo, se fosse un frutto sarebbe una pescanoce, scura e dura fuori ma dolce e chiara all'interno... e se fosse un dolce sicuramente la sacher, liscia, scura e perfetta all'esterno ma soffice e densa all'interno.

«Tu che dici, Teo, sono in cerca di guai?» e lui, da dietro, abbaia leggermente.

«Sì, lo so, sono matta» e rido felice. Capisco che con uno così potrei anche perdere la testa; meglio non correre, vediamo che succede. La nonna dice 'Chi va piano, va sano e va lontano'. Sarà, ma a me piace andare di fretta, anche perché sono sempre in ritardo!

4

...I miei occhi, la mia bocca,
e il mio cuore avrai da me...

Stasera arriva papà, finalmente; non lo vedo da una settimana. Quanto torna mi accorgo di quanto manca a tutti. Vorrei che fosse più presente, anche per la mamma, che quando c'è lui è più rilassata. La nonna sostiene sia normale, sono così felici insieme che quando non si vedono lei diventa malinconica. Mio padre è uno proprio fico, superattivo e instancabile anche se la sera dopo cena tracolla come una pera cotta; seduto sulla sua poltrona preferita, con un libro in mano. Ma a parte questo è tutto più piacevole quando c'è; passa ore intere a giocare con Michele e si informa su tutto quello che stiamo facendo: la scuola, gli amici, la nonna, Teo, i fidanzati. Si entusiasma dei nostri racconti e noi passiamo ore ad ascoltarlo mentre ci parla di quello che gli capita durante i suoi infiniti viaggi. Ha promesso alla mamma che dal prossimo anno viaggerà molto meno, ma non ci credo, gli piace troppo il lavoro che fa.

Mia madre è raggiante, per l'occasione ha deciso di preparare qualcosa di buono e la nonna ha cucinato per noi il ragù e preparato i tortelli, ma non vuole rimanere a cena, ha un appuntamento con le sue amiche, ma penso sia una scusa per lasciarci soli.

Io e Martina abbiamo già apparecchiato e Michele ha voluto scegliere lui la tovaglia, quella blu con i pesci. Manca solo l'acqua da portare, quando sentiamo girare la chiave e finalmente eccolo qui, stravolto ma felice quanto noi. Ci bacia con trasporto, poi si scioglie dai nostri abbracci e cerca la mamma. Si guardano e mi commuovo; lei sorride felice, gli butta le braccia al collo e lui la tira su facendola girare. Si baciano come due ragazzini mentre noi rimaniamo lì come stoccafissi, non riusciamo a staccare gli occhi. Si sussurrano qualcosa che non riesco a capire; sentono i nostri sguardi, si girano e scoppiano a ridere.

«Be', che fate lì imbambolati? Andate a sedervi, tra poco si cena» dice mia madre, mentre papà si allontana per tornare subito dopo e sedersi con noi.

Questa volta è andato in un paese del Centroamerica, in un luogo che si chiama Costarica. È entusiasta; il posto è ricco di vegetazione, parchi e c'è un grande vulcano, dalla cui cima è possibile vedere sia il Pacifico che l'Atlantico. È rimasto due settimane in un piccolo villaggio sulla costa caraibica, abitata da una popolazione nera proveniente dalla vicina Giamaica. Si muoveva con una bici o con dei camion e la gente del posto era molto ospitale. Il mare era bello, ma non come ci si può aspettare dai soliti Caraibi, forse perché le spiagge bianche erano sempre ricoperte di tronchi d'albero e le correnti marine erano molto forti.

Un giorno, insieme ad alcuni abitanti del luogo,

ha fatto una gita in un'area che si chiama Tortuguero; è stato emozionante. Hanno risalito un tratto del fiume con delle barchette, passando in mezzo alla foresta e sono arrivati fino al mare in un posto dove le tartarughe vanno a depositare le uova. Guardiamo le foto, come al solito ne ha fatte in quantità industriale, gli piace documentare i suoi viaggi, anche se sono di lavoro.

«E adesso i regali» dice felice e tira fuori una busta. Impazienti, tutti e tre ci lanciamo sul sacchetto e tiriamo fuori tre magliette molto colorate con disegnati dietro degli uccelli; incontro gli occhi di Martina e ci capiamo al volo, sono bruttissime, inguardabili!

«Grazie, papà, sono bellissime» urliamo in coro con un sorriso smagliante, baciandolo tutti e tre!

Sono le otto e un quarto quando arrivo a scuola, fico, oggi non sono in ritardo. Lego la bici sotto ai portici e mando un sms a Lavinia per sapere dov'è; già in classe, pazzesco, arriva sempre in anticipo, è l'opposto di me. Dare un appuntamento a lei è sempre un problema, per paura di fare tardi esce un'ora prima e poi si fa un giro lì intorno mentre aspetta che arrivi tu; per fortuna non se la prende se non sei puntuale.

Mentre entro nel portone della scuola, incontro Marco, quello che piace a Lavinia, e saliamo insieme; oggi è molto loquace. Arrivata davanti alla mia classe sto per salutarlo quando lo vedo soffermarsi sul mio collo, o sulla scollatura? Abbasso lo sguardo, forse mi sono macchiata facendo colazione questa mattina, ma non vedo nulla; lo guardo con aria interrogativa.

«Scusa, stavo guardando il tuo ciondolo, ma non era quello che avevi perso un po' di tempo fa?»

Ma come fa a saperlo? Poi mi ricordo che il giorno della scomparsa ho mobilitato mezza scuola. Sorrido.

«Sì, è quello, ho avuto una fortuna pazzesca a ritrovarlo, un mio amico per caso l'ha comprato a una bancarella dell'usato; chissà come è arrivato fin lì» e sorrido ancora al ricordo.

Lui mi guarda goffamente, farfuglia qualcosa, mi saluta e sparisce.

«Oggi il tuo amico era particolarmente curioso» dico a Lavina mentre mi lascio cadere sulla sedia vicino a lei.

«Ma di chi parli?»

«Di Marco.»

«E tu incoraggialo, così magari riusciamo a uscirci.»

«Lo sai che non mi piace la gente che frequenta.»

«Per me esageri, lui sembra uno a posto.»

«Forse, ma quando ci sono anche i suoi amici non mi sento a mio agio.»

«Va bene, ma a me interessa lui.»

«Non fa per te, e poi ti arriva al massimo alla spalla.»

«Alicia!!!»

Rido divertita, lo so che lei è sensibile su questo argomento.

«Ma dài, scherzavo. Mia nonna dice: 'Nella botte piccola c'è il vino buono'!»

Però è vero, non ce lo vedo proprio con Lavinia, troppo magro e piccolino, e poi penso abbia un debole per me, ma questo a Lavi è meglio non dirlo.

Quando suona la penultima campanella tiro un sospiro di sollievo, finalmente; adesso un'ora di ginnastica e poi è finita.

Questa volta sto bene attenta a mettere la collanina nello zaino, così da esser certa di non perderla di nuovo; anzi, per maggior sicurezza la infilo nella zip interna, dove tengo anche le chiavi. Mi sento osservata, alzo gli occhi ma non vedo nessuno; sto diventando paranoica. Eppure ho una strana sensazione, ma non so spiegarla. Lascio lo zaino in un angolo bene in vista e mi avvicino agli altri. Non c'è l'insegnante di un'altra classe, e così la prof decide di farci fare una partita di pallavolo. La classe avversaria è quella di Marco, e Lavinia ha già gli occhi puntati su di lui e lo guarda languidamente; lui sembra non accorgersene. La partita inizia e io capisco subito che oggi non è giornata; liscio un paio di palle e un'altra la mando oltre la linea; Lavinia si accalora e prova a darmi delle indicazioni, ma niente, non riesco a combinare niente. Marco non perde occasione per prenderci in giro con i suoi compagni, e Lavinia comincia a innervosirsi; non ricordavo fosse così competitiva!

Dopo la pausa vengo sostituita quasi subito e così mi trovo in panchina, che frana! Usciamo con una vittoria a carico nostro, anche se non per merito mio.

«Dài, non te la prendere, tu sei portata per altre cose» dice Lavinia prendendomi in giro mentre usciamo da scuola e ci dirigiamo verso la mia bici.

«Sì, sì, è inutile che cerchi di riprenderti, ho visto che sei andata dalla prof durante l'intervallo, mi hai fatto sostituire senza vergogna; per fortuna che siamo amiche.» In effetti, anche se devo ammettere che a pallavolo sono proprio una mozzarella, sono un po' risentita. Non fa piacere sapere che anche gli altri, compresa la tua migliore amica, ti mettono da parte, senza pensarci troppo, pur di vincere.

Lei mi abbraccia e ride. «Lo sai che non amo perdere, e poi in questa occasione c'era anche Marco di mezzo.»

«Va bene, ti perdono, ma solo per questa volta» le dico alla fine e infilo la mano nello zaino per prendere le chiavi del lucchetto e la collanina, ma trovo solo le prime.

Continuo a vagare con la mano nello zaino, ma non la trovo. È uno scherzo?

«Lavi, non ci crederai ma...»

«Ma cosa?»

«Non trovo più la collanina con il ciondolo.»

«Non ci credo! Ma allora c'è una congiura in atto. Non è che qualcuno ti ha fatto il malocchio?»

«Lavinia, che dici, a volte sei proprio fuori.»

«Per me stai diventando paranoica con questo ciondolo. Sei sicura di non averlo nascosto da qualche altra parte?»

«Smettila! Sono sicurissima di averlo chiuso nella tasca interna dello zaino. Anche a me sembra strano perdere un oggetto per due volte e a distanza così ravvicinata, ma è così» rispondo risentita.

«Lo sai che le cose non capitano mai per caso; forse tutto ciò ha un significato.»

«Tu e le tue teorie fantastiche e i messaggi cifrati. Torno in palestra a cercarla.»

Corro verso la scuola e vado dritta in palestra. Il mio cervello va a tremila, dimmi che non è vero, dimmi che mi sto sbagliando.

Percorro tutto il perimetro e la passo al setaccio come un segugio; arrivo fino agli spogliatoi, entro nei bagni, anche quelli dei maschi. Per fortuna non c'è nessuno. Non contenta, prendo la scopa che trovo nel ripostiglio lì vicino e mi metto a pulire tutta la palestra, niente. Riapro lo zaino e lo capovolgo completamente; mi sta sfuggendo qualcosa, mi manca qualche pezzo. Come cavolo ho fatto a perderlo di nuovo? Non sono normale. Calma, devo ripensare a tutto quello che è successo da quando sono entrata in palestra; ogni minimo dettaglio. Mi butto a terra distesa al centro della sala e chiudo gli occhi. Ripenso a ogni mio gesto, ma non trovo niente di anomalo. Le lacrime cominciano a scendere a fiotti, non riesco a fermarle; non può essere, e adesso che faccio? La prima volta sono stata fortunata e l'ho ritrovata, ma sicuramente non ce ne potrà essere una seconda.

Lavinia mi trova così, ancora distesa e in lacrime. Si siede vicino a me e per un po' non dice niente.

«Perché proprio a me doveva succedere?» dico tra un singhiozzo e l'altro.

«Certo che è strano» risponde.

«Forse non è una coincidenza.»

«In che senso?» mi chiede perplessa.

«Non pensi che qualcuno potrebbe averlo preso?»

Lei non sa che rispondere; la vedo aggrottare le sopracciglia.

«Certo, adesso che mi ci fai pensare potrebbe anche essere.» Rimane un attimo in silenzio. «Ma allora magari anche la prima volta non l'hai perso.»

«Giusto, hai ragione» rispondo.

«Vuol dire che dobbiamo scoprire chi potrebbe averlo rubato.»

«Assolutamente sì.»

«Magari qualcuno che ti voleva fare un dispetto.»

«Oppure perché gli piaceva il mio ciondolo.»

«Ma non lo rubi se poi non te lo puoi mettere; è talmente particolare. Ricordati quando l'hai visto al mercatino, non hai avuto dubbi. Magari è stato Davide, tanto ormai la bella figura con te l'aveva già fatta.»

«Dio, sarebbe una persona orrenda. Ma no, non è possibile, ma voglio chiamarlo per dirglielo.»

Mi alzo in piedi, e senza pensare ricerco tra le vecchie chiamate e trovo il suo numero. Risponde al primo squillo.

«Ciao, Davide, sono Alicia, ti disturbo?»

«Ciao, no, figurati, dove sei?»

«Ancora a scuola; non sai cosa mi è successo.»

«Cosa?»

«Ho perso di nuovo la collanina.»

Silenzio.

«Ne sei sicura?»

«Assolutamente sì. Mi dispiace tanto, ancora di più se penso a quello che hai fatto tu per ridarmelo. È stato un gesto così carino!»

«Figurati, non importa... certo però, che sfortuna!»

«Veramente a questo punto non credo più che sia una coincidenza, qualcuno me l'ha rubata per ben due volte.»

«Ma chi può mai aver fatto una cosa simile?»

«Non lo so» dico mentre mi avvio verso l'uscita con Lavinia al mio fianco. «Ed è quello che voglio scoprire!» finisco risoluta e lo saluto in un baleno.

La nonna non riesce a credere a tutta la storia, pensa che sono esagerata. Forse per sbadataggine ho lasciato lo zaino aperto e quando l'ho sollevato dopo la partita la collana è scivolata fuori. La sua ipotesi non regge molto e lei alla fine mi consiglia di andare a parlare con il preside, ma a me sembra una follia. Decido di pensare attentamente a tutti quelli presenti alla partita. Chi ha fatto qualcosa di strano? Chi è andato verso il mio zaino? Chi si è... ma certo, è stato Marco, è chiaro. Come ho fatto a non pensarci prima?

Lui è l'unico che si è fatto sostituire senza una ragione, anzi voleva battere Lavinia, e allora perché è uscito? Per prendere la collana, è ovvio! Sì, è l'unico che si è comportato in modo strano, e poi, ora che ci penso, mi sembrava un po' guardingo. Cerco Lavinia, ma non è raggiungibile; è lui, ne sono sicura. Ripenso anche alla domanda che mi ha fatto la mattina, a come è stato sfuggente la prima volta che pensavo di averla persa. Sì, deve essere lui. E oggi non mi stava guardando il seno, ma il ciondolo. Calma, non posso correre in questo modo, devo esserne sicura. E se così fosse cosa dovrei fare? Andare veramente dal preside? Chiamare la polizia? Non ci capisco più niente.

Saluto la nonna, prendo Teo e vado a casa. Lavinia ancora non risponde, uffa, devo parlare con qualcuno. Cerco Martina, ma è uscita con Paolo. Forse potrei provare con mia madre, ma è così irritabile; l'altro giorno, appena le ho accennato l'accaduto, ha reagito talmente male.

La trovo sul divano a leggere.

«Alicia, non ti avevo sentito entrare; vieni, siediti qui vicino a me. Come sta la nonna?»

«Alla grande, sempre superchiacchierona.»

«Sì, sì, lo so, lo è sempre stata. Per me all'inizio è stato un inferno, metteva bocca su tutto e parlava, parlava in continuazione. E io, da poco in Italia, non capivo tutto quello che diceva, ma non avevo il coraggio di dirglielo per paura che pensasse fossi una stupida.» La guardo stupita; non riesco a pensare alla mamma in soggezione con la nonna, e poi quest'ultima sembra così innocua. Continua a raccontarmi di quanto sia stato difficile capire le abitudini del nostro paese e di come la nonna all'inizio non le abbia dato una mano. Per anni si è sentita ospite in casa sua, non poteva toccare niente senza prima chiedere il suo permesso; ha anche pensato che forse non la voleva in quanto straniera. Poi piano piano sono riuscite a capirsi, accettarsi e anche amarsi. In fondo era solo gelosa dell'amore di papà verso di lei, così totale, intenso.

Rimango in silenzio ad ascoltare; non succede spesso che la mamma racconti qualcosa di personale. Ma Teo ci interrompe, entra nella stanza e si dirige spedito verso il divano; lei lo tira su, se lo mette vicino e comincia a giocarci. Mi affaccio alla finestra, fuori è già buio, la luce della finestra di fronte è accesa e da dietro le tende si intravedono due signore che stanno guardando la TV. Poi una si alza, esce dalla stanza e rientra subito dopo con un'altra signora; ora si sono messe sedute tutte e tre vicine e parlano animatamente. L'ultima arrivata tira fuori un oggetto da una scatola e lo mostra alle altre, che sembrano apprezzare molto; mi sposto per vedere meglio, ma non riesco a capire cosa sia.

«Come mai così silenziosa? È successo qualcosa a scuola? Hai combinato qualche guaio?»

«Mamma, ti prego, smettila di pensare sempre cose negative di me» rispondo risentita, allontanandomi dalla finestra.

«È vero, hai ragione, scusami.»

Ma ormai l'atmosfera è cambiata, e non me la sento più di raccontarle niente; così vado verso la mia camera. Lei prova debolmente a trattenermi, ma io svicolo e mi chiudo dentro.

Accendo lo stereo e il computer. Finalmente Lavinia è tornata on line.

«Alicia, ti devo dire una cosa incredibile.»

Quando inizia così vuol dire che ha qualche notizia piccante.

«Vai, spero che sia molto carina perché ne ho bisogno.»

«Hai presente mia cugina Alessia?»

«Vagamente, perché?»

«Udite udite, signori e signori...»

«Lavi!»

«Okay, conosce Giulia.»

«E chi è?»

«Ma come chi è, la fidanzata di Davide.»

Sobbalzo dalla sedia e tutti i miei sensi si risvegliano.

«Be', che dice? Conosce anche lui?»

«Ovvio, loro sono molto amiche; pare sia gelosissima di lui, ma non è tutto.»

E mi racconta che per via della mia famosa collana hanno litigato, e di brutto. Lei non voleva ridarmela, sosteneva che quello era il suo regalo e pegno del suo amore per lei.

Allora Davide mi ha mentito quando ha detto che lei era d'accordo con lui, bel casino. Meglio lasciarlo stare, deve avere una vita complicata con una tipa così, penso. Ma mente lo dico il mio pensiero va al suo neo, alle sue labbra carnose, al suo sorriso così contagioso; mi impongo di pensare ad altro.

Metto al corrente Lavinia della mia idea in merito a Marco e lei è ovviamente negativa; non pensa potrebbe mai fare una cosa del genere, ma sento che non è molto convinta mentre lo dice. La saluto e passo il resto del pomeriggio a studiare, anche se la mia testa torna sempre a Marco e a come dimostrare che sia lui il colpevole.

La mattina mi sveglio con un piano ben preciso, devo diventare sua amica. Con questa idea in testa mi alzo in un baleno, mi faccio una doccia e vado in cucina a fare colazione. Uffa, il latte è finito, comincia bene la giornata! Prendo lo yogurt di mia sorella e ci butto dentro i cereali al cioccolato, sperando che lei non arrivi proprio adesso. Non faccio in tempo a mandare giù il primo boccone che me la trovo lì davanti con la tazza in mano.

«Ma quello non è il mio yogurt?»

Beccata in pieno.

«Ecco... veramente... insomma sì, è il tuo.»

Come immaginavo, parte per la tangente e si arrabbia di brutto, forse in modo un po' sproporzionato; ma io non ho voglia di litigare e così la ignoro, in fondo non l'ho mangiato tutto, che bisogno c'è di fare tutto questo baccano? E poi ho cose molto più importanti da fare. E così esco, pronta per la caccia al ladro!

5

...Perché per te questa vita è un girotondo
che abbraccia tutto il mondo, lo so...

«Come pensi di scoprire se è lui?» chiede Lavinia mentre entriamo in classe.

«Pensavo a una trappola.»

«Non mi piace per niente questa storia»

«Neanche a me, ma che alternativa abbiamo?»

«Abbiamo?»

«Non vorrai lasciarmi sola in questa storia!»

I suoi occhi si spalancano; apre la bocca, poi la richiude. Si guarda intorno con aria circospetta e mettendosi una mano sulla bocca mi bisbiglia all'orecchio:«Shhh... parla piano, magari qualcuno potrebbe ascoltarci!»

Cavolo, è entrata subito nel personaggio della detective!!!

«Allora, mi dai una mano?» le chiedo con un sorriso accattivante.

«Lo sai che sono imbranata in queste cose, mi metto sempre in qualche guaio. Ti aiuto mantenendomi a distanza.»

«Va bene. Allora, stavo pensando di attirarlo con qualche braccialetto, anello; tu hai qualcosa a cui non tieni molto?»

«Che domanda, ovviamente no!»

Così ci ripromettiamo di cercare qualcosa a casa di entrambe.

A ricreazione, mentre mangiamo sedute sulla scalinata, vedo Marco andare verso il corridoio, faccio un segno a Lavinia e lo seguo, ma lo perdo di vista quasi subito. Certo, come inizio non è male, penso indispettita guardandomi intorno. Ma la fortuna mi assiste e me lo ritrovo davanti subito dopo.

«Ciao, Marco, come stai?»

«Bene. Tu dove stai andando?»

Invento qualcosa cercando di essere il più naturale possibile. Noto che non mi guarda mai in viso e si tocca sempre un capello ribelle; i suoi occhi sono grandi e profondi e quando ride gli si formano delle fossette divertenti. Scherziamo sulla partita di pallavolo e su quanto ho giocato male. Alla fine, quasi a bruciapelo, mentre lo saluto per rientrare in classe, gli butto lì, come se niente fosse, se uno di questi giorni gli va di andare al cinema insieme; lui mi guarda titubante, poi balbetta qualcosa che sembra un sì.

«Che pensi di fare?» mi chiede Lavinia un po' allarmata.

«Rilassati, non te lo rubo, voglio solo conoscerlo meglio» le dico per tranquillizzarla.

Lei sembra poco convinta, anzi addirittura contrariata, ma decido di ignorarla; la mia mente è già partita pensando a come devo muovermi.

All'uscita trovo un sms di Davide: 'Novità? Hai scoperto qualcosa?'

Decido di rispondere più tardi; saluto Lavi, slego la bici e prendo la strada di casa della nonna.

Oggi mi sento senza forze, avrei preferito che qualcuno mi accompagnasse in macchina; ma è impossibile, a casa ne abbiamo solo una che usa sempre mia madre; a mio padre ovviamente non serve quasi mai. Sto salendo le scale quando mi si gela il sangue; oggi toccava a me passare a prendere Michele, oddio, l'ho completamente dimenticato! Guardo l'orologio e mi accorgo che sono le due passate e lui usciva all'una e mezza; non faccio in tempo a prendere il cell che appare il numero di mamma. Nooo!

«Alicia, dove sei? Tuo fratello è stato mezz'ora da solo ad aspettarti al portone della scuola. Come hai fatto a dimenticarti di passare a prenderlo? Ti sembra una cosa normale? Sei un'irresponsabile. E poi hai anche il coraggio di chiedere come mai non mi fido di te.»

Provo a balbettare qualche scusa, ma è una furia e, in effetti, questa volta non le posso dare torto; mi sento uno schifo, non so proprio come ho potuto dimenticare mio fratello.

«Basta, Alicia, sono stanca delle tue scuse, non ho più voglia di parlare, e poi adesso ho da fare; in ogni modo da oggi sei in punizione e per tutta la settimana non esci!» E attacca.

«Che ti è successo? Come mai quella faccia?» chiede la nonna appena mi vede.

«Questa volta ho fatto un casino tremendo!» E mi butto a faccia in giù sul divano con le lacrime agli occhi, mentre racconto l'accaduto alla nonna.

«Alicia, devi impegnarti di più, non puoi essere

così distratta. E poi sembra che lo fai apposta per far innervosire tua madre.»

Teo prova a farmi le feste, ma mi sento sempre più depressa, e così rimango sul divano come un vegetale.

Terzo giorno di punizione, non so più dove sbattere la testa. Lavinia è passata almeno dieci volte e finalmente abbiamo trovato l'esca per Marco: una scatoletta di legno tutta traforata con sopra un cammeo a forma di rosa, che Lavinia aveva in soffitta. Sostiene sia della nonna e in effetti, a guardarla, sembra antica. Nell'interno, con un coltello abbiamo inciso le nostre iniziali, in modo da riconoscerla.

La strategia è questa, Lavinia ci metterà le sue matite e la tirerà fuori dallo zaino in modo casuale alla prima occasione, proprio davanti a Marco.

Presa dall'eccitazione del nostro piano, chiamo Davide.

«Ciao, ti disturbo? Sono Alicia.»

«Finalmente, pensavo non volessi più sentirmi.»

Sorrido tra me e me: come potrei...

«Purtroppo sono a casa da tre giorni e devo rimanerci per altri due; sono in punizione» e gli racconto tutto, anche del piano che io e Lavinia abbiamo escogitato.

«Ma sei fuori!»

«Parli facile, tu! Che faresti se ti rubassero un oggetto a cui sei affezionatissimo e avessi qualche sospetto su un tuo compagno di scuola?»

«In effetti, forse, proverei a indagare di più. Hai pensato a quello che potrebbe succedere se veramente frequenta gente balorda e va storto qualcosa?»

«Spero ci sarai tu a salvarmi!»

Mi mordo la lingua, ma perché non riesco a tenere la bocca chiusa?

«Guarda che scherzavo» e senza aspettare risposta cambio discorso. Mi racconta che è andato al cinema ben tre volte questa settimana e mi chiede di accompagnarlo la prossima, quando sarà finita la punizione. Sbaglio o mi ha invitato? Ridacchio soddisfatta. Ma perché è già fidanzato?

Vorrei non smettesse mai di parlare; mi piace il suono della sua voce, così calda e profonda. Ha una professione davanti, tipo il doppiatore, e quando glielo dico lo sento ridere di gusto. Comincio a sentire caldo e così apro la finestra; aria, ho bisogno di aria. Mi perdo dietro la sua voce, non so più quello che sta dicendo, ma mi lascio cullare dal suono, dalla morbidezza delle sue parole. Riapro gli occhi confusa: sto impazzendo, non c'è dubbio. Per fortuna Davide sembra non essersi accorto della mia assenza, ma io, non sentendomi più sicura, taglio corto e lo saluto.

Ho passato una notte d'inferno, ho sognato Marco che rubava Teo e lo rivendeva a due signori che lo portavano via per sempre. Ho pianto a dirotto finché non mi sono svegliata, e per un attimo ho pensato che fosse vero, ho allungato la mano e Teo non era lì con me; poi l'ho sentito sbuffare sotto il letto di Martina e mi sono riaddormentata.

Guardo l'orologio, le sette e mezza; butto via le coperte e mi alzo a fatica, sono gonfia come un pallone, ieri sera devo aver mangiato troppo; apro l'armadio e rimango lì a fissare il vuoto. Non ho voglia di andare a scuola, potrei darmi malata, penso. Ma non è il caso, in questo periodo le mie quotazioni in famiglia sono sotto zero. Prendo un golf a collo alto rosso, un paio di jeans e mi dirigo in bagno. Faccio la doccia, mi vesto, raccolgo i capelli con due fermagli, metto un po' di lucidalabbra e mi trascino fino in cucina.

Arrivo a scuola che mancano dieci minuti alla campanella.

«Ciao, Alicia, che fine hai fatto? L'altro ieri non c'eri al laboratorio di inglese.»

Mi giro e vedo Marco: che fa, mi controlla?

«Lascia perdere, sto passando un periodaccio, discussioni con i miei.»

«Io ormai non parlo più con mio padre da mesi. Cinema oggi pomeriggio?»

«Veramente non posso uscire fino a lunedì!» gli rispondo scusandomi.

«Cavolo, allora devi averla combinata grossa.»

«Abbastanza» ma non ho voglia di spiegargli il motivo.

Rimaniamo per lunedì. Stiamo per entrare dentro quando si unisce a noi Lavinia; ci lanciamo uno sguardo d'intesa: lei apre lo zaino, rovista, poi sbuffando tira fuori le chiavi, l'agenda, dei biscotti e finalmente la nostra scatola di legno.

«Che carina, Lavi, è nuova? Non l'ho mai vista.»

«Me l'ha regalata mia madre, era di sua nonna. Mi ha detto che è davvero preziosa e antica. Non so a cosa serviva, ma ho deciso di usarla come portamatite.»

Poi con aria trionfante tira fuori il cell e rimette tutto il resto dentro.

Salutiamo Marco ed entriamo in classe.

«Sei stata perfetta, speriamo che abbocchi» le dico all'orecchio.

«Mi sento così in colpa, pensa se non è lui» risponde a bassa voce.

«Non succederà niente» le dico per tranquillizzarla.

Mando un sms a Davide: 'Buttato l'amo, aspettiamo che abbocchi. Ali.'

Domenica mattina, tutta la famiglia, compresa la nonna, è andata a mangiare fuori mentre io sono rimasta a casa, ancora in punizione. Il tempo, che stamattina sembrava bello, si è rovinato completamente e ora piove a dirotto; meglio così, penso, almeno li invidio di meno. Ho invitato Lavinia, ma non può venire, anche lei è a pranzo con i suoi. Così mi metto un po' su msn. Trovo Luca che mi chiede di Lavinia; giusto, ma non doveva venire a trovarla sabato? Deve essere successo qualcosa; sono stata così presa da me che ho dimenticato di chiederle come va con lui.

Verso le tre mi arriva un sms. 'Un cinema o ancora non puoi? Davide.'

'Last day. Mi passi a trovare? Ti posso fare una cioccolata calda.'

'Mi sembra una proposta interessante, ma forse i tuoi potrebbero non essere d'accordo.'

'Sono fuori tutti quanti, tornano più tardi.'

'Okay, arrivo, dammi l'indirizzo.'

Sì, sì, sì. Comincio a saltare dalla contentezza, ma allora forse un pochino gli piaccio. Non resisto e mando un messaggio a Lavinia che mi risponde all'istante: 'Non fare troppi danni!!!' Ma figuriamoci, passa solo a trovarmi, niente di strano. Intanto però continuo ad avere un sorriso stampato sulla faccia che non riesco a togliere; calma, devo stare calma. Che mi metto? Non posso mica rimanere in pigiama. Una gonna corta? No, troppo esagerata, potrebbe pensare che mi sono preparata per lui. Dunque... il maglione, no, troppo accollato, forse il vestito di velluto a coste, no, non va bene, troppo seria. Alla fine metto un paio di pantaloni verde militare e sopra una maglia aderente con una felpa aperta sopra. Forse la maglia è troppo scollata; sto per toglierla ma suona il citofono. Sono una corda di violino; spingo il pulsante e corro in bagno a spazzolarmi i capelli. Apro la porta e lui è lì, di fronte a me, bello da svenire ma completamente zuppo. Improvvisamente mi sento minuscola e l'imbarazzo mi paralizza; ho la gola secca.

«Non mi fai entrare?»

Ho un brivido lungo la schiena e mi sento avvampare. Capisco di aver commesso un errore nel momento stesso in cui mi trovo di fronte a lui; non dovevo invitarlo a casa.

«Sì, scusa, entra» e mi faccio da parte.

Non riesco a dire molto, continuo a guardarlo imbambolata mentre si toglie il giaccone e la felpa. L'acqua gli continua a gocciolare lungo il viso e lui con un gesto infastidito si toglie un rivolo dagli occhi; mi guarda e io abbasso gli occhi, colta in flagrante.

«Ti sto bagnando tutto il pavimento. Scusami, forse è meglio che vada.»

Ma io non voglio che se ne vada!

«Ma no, figurati, vieni in bagno, ti prendo un asciugamano.» Sta tremando come una foglia; sono proprio un'idiota, io qui a guardarlo mentre lui muore di freddo.

«Anzi, fatti una doccia calda così ti riscaldi, intanto ti vado a cercare qualcosa d'asciutto da indossare.» Lo spingo dolcemente verso il bagno, e senza aspettare risposta chiudo la porta e mi dirigo verso l'armadio di mio padre. Torno con i pantaloni di una tuta e una felpa; non è granché ma è meglio di niente. Busso ma non ottengo risposta; busso ancora, niente. Alla fine apro leggermente la porta e sbircio dentro; sta sotto la doccia, non mi deve aver sentito. Entro in punta di piedi e con il cuore in gola mi avvicino alla cabina doccia, cercando di non fare rumore. Poggio i vestiti asciutti sul water, poi sto per mettere l'asciugamano sul mobiletto lì a fianco quando si apre la cabina doccia e Davide esce completamente nudo. Urlo lasciando cadere l'asciugamano per terra. Mi copro gli occhi, inciampo sul tappetino arretrando verso la porta e finalmente respiro. Dio che vergogna, che figura, non avrò più il coraggio di guardarlo in faccia, penso, ancora sconvolta; non è stata per niente una buona idea invitarlo a casa. Per calmarmi vado in cucina, apro la dispensa e tiro fuori la bustina del cioccolato e, come in trance, metto il bricco del latte sul fuoco. Meglio far finta di niente; adesso lui uscirà dal bagno, verrà qui e io sarò calma e rilassata.

«Decisamente non dovevo venire.»

Mi cade il cucchiaio dalle mani mentre mi giro verso di lui. Altro che calma e rilassata! Eccolo lì, appoggiato allo stipite della porta, con i vestiti di mio padre.

«Alicia...»

«È tutta colpa mia, non dovevo entrare in quel modo» continuo dandomi da fare inutilmente.

«Non ti devi scusare, me ne vado e domani ti riporto i vestiti che mi hai prestato; non vorrei che succedesse qualche altro casino.»

Esce dalla cucina, prende i vestiti bagnati e va verso l'ingresso.

«Ma non hai preso neanche la cioccolata» balbetto seguendolo.

Le immagini del suo corpo nudo e bagnato mi continuano a martellare nel cervello.

Davide si ferma, mi guarda per un momento, poi torna indietro e si avvicina. Siamo a mezzo millimetro uno dall'altra. I suoi occhi mi imprigionano e io rimango inebetita a guardare il suo neo, senza essere in grado di dire o fare qualcosa. Dentro di me si apre una crepa, e un uragano mi travolge mentre lui mi afferra per la vita e mi stringe a sé.

«Me lo sentivo che non dovevo venire da te, lo sapevo che era uno sbaglio, ma non ce l'ho fatta, avevo voglia di rivederti.»

Rimango immobile assaporando quel contatto, quel calore, quell'odore, e il tempo si ferma. Non esiste più niente e nessuno, solo io e lui. Le sue labbra si dischiudono, sta per aggiungere qualcosa, ma non voglio, non ora e così lo bacio sulle labbra; lo bacio con foga, aggrappandomi a lui per non cadere. Sento un ronzio nella testa, mi sembra di volare lontano anni luce, lui mi stringe più forte e ricambia con trasporto, e ogni fibra del mio corpo si lascia andare a quel bacio. Rimaniamo così avvinghiati per quello che sembra un'eternità, continuando a baciarci come due assetati. Ci allontaniamo per riprendere fiato, e l'incantesimo si spezza. Cosa sto facendo, sono impazzita?, penso riaprendo gli occhi improvvisamente. Lo allontano da me bruscamente.

«Scusami, non so cosa mi abbia preso; non volevo...»

Lui mi guarda come inebetito, prova a riavvicinarsi ma lo fermo con la mano.

«No, Davide, ti prego, è tutto sbagliato, non vorrei tu pensassi male di me. Facciamo finta non sia successo niente.»

Dio, cosa ho combinato?, penso sull'orlo di una crisi.

Mia nonna aggiungerebbe: 'Chi dice donna, dice danno'.

6

...ed invece la corsa della vita
per me si è già fermata negli occhi tuoi...

È passata una settimana da quella domenica, e io non ho mai risposto alle telefonate e agli sms che Davide mi ha lasciato; sono ancora confusa, anche se dentro di me so benissimo cosa vorrei, ma ho paura di soffrire.

Con Marco l'esca sembra non abbia funzionato, forse non gli piace la scatola di legno oppure ha scoperto il nostro piano. Nel frattempo ci siamo visti un paio di volte, anche con i suoi amici, e sembrano tutti persone a posto, per la gioia di Lavinia; forse mi sono veramente sbagliata. Non si può dire che sia un grande parlatore e le uniche stranezze che mi fanno dubitare ancora sono alcune telefonate che riceve quasi tutti i giorni sul cell. Ogni volta che accade diventa molto nervoso, si tocca i capelli, altro segno riconoscibile, e si allontana subito da me o da chiunque abbia intorno per poi tornare inesorabilmente con la faccia tesa e rabbuiata. Ma questo è un po' poco per dubitare di lui.

Sono al parco con Teo e sto aspettando Lavinia; oggi fa veramente freddo e l'umidità entra dentro lasciandoti una sensazione di disagio. Non riesco a stare ferma, così mi metto a saltare per riscaldarmi; Teo interpreta questo segno come un invito a giocare e comincia a correre avanti e indietro. Gli lancio un rametto, mi nascondo dietro a un cespuglio e da lì vedo che torna trionfante verso quello che doveva essere il mio posto. Si guarda in giro confuso, abbaia, torna sui suoi passi; alla fine, deluso, lascia il suo trofeo per terra con aria afflitta. Non resisto più, esco dal mio nascondiglio chiamandolo a perdifiato e lui, rizzando le orecchie, riprende il rametto e mi corre incontro felice. Lavinia ci trova così, a ridere e giocare come due bambini.

«Dài, vieni a giocare con noi» dico sorridendo.

Lei ci raggiunge e per un'altra mezz'ora continuiamo a correre su e giù per il parco, con Teo che prova a starci dietro, anche se ormai ha la lingua di fuori. Alla fine ci sediamo su una panchina, esauste.

Le chiedo di Luca; storce la bocca. Lui le ha giurato di aver voglia di stare con lei, ma trova sempre mille scuse per non venire; se deve essere tutto così complicato meglio lasciare perdere subito, conclude con aria decisa. Anche se non lo vuole dare a vedere è dispiaciuta; si era già fatta un bel film in testa. Provo a consolarla, forse Luca non ha molti soldi e non può permettersi di prendere spesso il treno, in fondo abita in un'altra città le dico, ma Lavi non sembra convinta. Cambia argomento e chiede di Davide; la storia della doccia l'ha fatta morire dal ridere e da allora non perde occasione per volere nuovi particolari.

«Senti, ma secondo te l'ha fatto apposta a uscire all'improvviso mentre tu eri lì?»

«Non lo so, di quel momento non ricordo assolutamente nulla.»

«Ma chi ci crede, vorresti dirmi che non l'hai guardato neanche un po' lì?»

«Te l'ho detto!»

«Neanche una sbirciatina?»

«Ero talmente imbarazzata che mi sono subito coperta il viso con le mani.»

«Non posso credere che qualcuno o qualcosa ti abbia potuto mettere in difficoltà; sei sempre così spavalda, sicura. Non ti spaventa niente e nessuno.»

«Ma che dici! Non sono come mi descrivi tu» rispondo un po' risentita.

«Forse, comunque questo è quello che sembra. Insomma, l'hai guardato o no?»

«Okay, va bene, una sbirciatina l'ho data.»

«Lo immaginavo; e com'è?»

«Niente male!» Rido imbarazzata.

«Wow, grande. Dài, descrivilo.»

«Lavinia, sei proprio una peste!» rispondo ridendo e scuoto la testa.

«Va bene, allora dimmi del bacio, l'altro giorno sei stata così misteriosa.»

«Che vuoi sapere?»

«Come bacia?»

«Da dio!»

«Diverso da Matteo?»

«Un altro mondo» e mentre lo dico mi sento in colpa per quest'ultimo.

Povero Matteo, lui non c'entra niente e poi Davide

ha sicuramente più esperienza. Sorrido, e Lavinia mi prende in giro, per lei sono cotta a puntino.

Mentre torniamo verso casa le racconto della festa di Marco di sabato prossimo: ovviamente vuole venire anche lei; provo a fare qualche resistenza ma lei non demorde, così alla fine mi rassegno, anche perché in fondo ha ragione, meglio se andiamo in due.

La mattina dopo a scuola, all'ora di ginnastica, appena arrivo in palestra accuso dei dolori fortissimi allo stomaco e chiedo alla prof di essere esonerata dalla lezione, e lei alla fine si lascia convincere. Dieci minuti prima del suono della campanella, esco furtiva e, arrivata al corridoio del piano superiore, mi metto in un punto in cui posso vedere, senza essere vista, la scala che porta alla palestra e all'aula di Marco. Non appena suona lo intravedo uscire con altri compagni; si dirigono verso l'uscita, poi lui si ferma, fa un segno agli altri e torna indietro veloce. Il cuore mi sale in gola, sono presa alla sprovvista, in fondo non pensavo succedesse niente; mi appiattisco al muro, lui va verso il bagno in fondo al corridoio, ma un attimo prima di entrare si gira e prende le scale che portano in palestra. Mi lancio all'inseguimento, scendo i gradini a due a due, apro la porta, mi guardo intorno ma lui non c'è. Dove diavolo si è ficcato? Mi avvicino veloce verso Lavinia e la tiro da parte.

«Lo zaino, dov'è? Ho visto Marco venire in questa direzione pochi minuti fa, ma poi l'ho perso.»

«È lì, vicino agli altri» e indica un angolo della palestra vicino alla prof. La scatola è ancora lì e io respiro sollevata, mi sono sbagliata; meglio così, in fondo Marco mi comincia a stare veramente simpatico. Lo incontriamo all'uscita e parliamo della festa di sabato; invita anche Lavinia che arrossisce felice.

Mi squilla il cell, è Davide. Devo rispondere, sarà la tredicesima volta che mi chiama.

«Ciao» rispondo allontanandomi da loro.

«Finalmente, pensavo non volessi più parlarmi.»

«Ma figurati, sono solo stata molto impegnata con la scuola. Sto preparando una ricerca, tutta in inglese, che devo consegnare tra una settimana; sto diventando matta, me la sogno anche di notte.»

«Non posso aiutarti molto con l'inglese, ma se ti serve una mano su storia e italiano non farti problemi.»

«Lo terrò a mente.»

«Ci vediamo oggi pomeriggio? Un cinema?»

«Veramente non posso.»

Rimane in silenzio.

«Non mi vuoi vedere?»

Mi mordo il labbro incerta.

«No, che dici! Non posso veramente.» Bugiarda!

Mi giro nella direzione di Lavinia e Marco; una mano di lui sta appoggiata al muro mentre con l'altra gesticola parlando animatamente. Ma guarda quant'è loquace e come le sta vicino, penso meravigliata. Lei ora è protesa in avanti e scrive qualcosa su un foglio, nel frattempo annuisce.

«Okay, allora facciamo domani?»

«Ho promesso a Marco di accompagnarlo a comprare un cd.»

«Marco? Ah, quindi adesso ti vedi con lui?»

Mi sbaglio o c'è gelosia nella sua voce? Sorrido divertita.

«Ma sì, lo sai, per via di quella storia.»

Non sembra convinto, ma non aggiunge altro, così ci salutiamo e raggiungo Lavinia, che nel frattempo è rimasta sola.

«Mi ha dato l'indirizzo della festa.» Sorride; ecco cosa scriveva prima.

«Grande, a questo punto sei invitata ufficialmente» le dico, dandole una pacca sulla spalla.

«Ti dispiace?»

«Assolutamente no. Vorrei solo non ti dimenticassi quello che potrebbe aver fatto.»

«Hai detto bene, potrebbe. Finora sembra che i fatti smentiscano le tue paure.»

«Okay, okay; non voglio litigare. Me ne vado a casa, ho una fame pazzesca; ti chiamo dopo.» E la bacio abbracciandola prima di salire in bici.

Arrivata, trovo tre chiamate di Lavinia; e ora cosa è successo?

«Che ti sei dimenticata di dirmi?» le chiedo appena risponde.

La sento agitatissima e non riesco a capire cosa sta cercando di dirmi.

«Calma, Lavi. Ricomincia da capo.»

«Non c'è più, Alicia, la scatola di legno è sparita.» Le sta per venire una crisi di nervi. «Non capisco come possa essere successo. In palestra c'era ancora, giusto? E da quel momento lo zaino non l'ho mai lasciato.»

Dio, allora è veramente lui! Senza neanche spogliarmi mi butto sul letto; e ora che si fa? Lavinia non si rassegna, non so se la cosa che le dispiace di più è aver perso la scatola oppure dover ammettere che Marco è un ladro. Provo a calmarla e ripercorriamo a ritroso tutte le nostre tappe; sembra non ci possano essere dubbi. Mentre parlavano, Marco deve averle aperto lo zaino e afferrato la scatola.

«Forse quando hai preso il foglio per scrivere l'indirizzo l'hai lasciato aperto.»

«Non mi pare, credo di no; oddio, forse sì. A questo punto non sono più sicura di niente!»

Siamo confuse entrambe, e non vogliamo prendere decisioni affrettate, ci mettiamo d'accordo per sentirci con calma più tardi.

Dunque è vero, Marco ha rubato la mia collanina, e io che per un attimo ho creduto di sbagliarmi. Sospiro... bel casino! Da un lato vorrei chiamarlo e urlargli al telefono che è un ladro, che rivoglio indietro il mio ciondolo, altrimenti... già, altrimenti che? Dovrei andare alla polizia. Figuriamoci se mi crederebbero. Sì, signore, un mio compagno di scuola ruba a scuola. No, non l'ho visto, però sono sicura, anzi sicurissima, che è stato lui.

Uffa!!! Devo prima smascherarlo e poi posso andare alla polizia; forse ne potrei parlare con mia madre. Macché, penserebbe sicuramente che è colpa mia. Lascio cadere lo zaino a terra e Teo guaisce; l'ho dimenticato lì dentro, poverino.

«Scusa, Teo, non l'ho fatto apposta!» Provo ad accarezzagli la testa, ma lui svicola risentito e si allontana con aria indignata.

Non ho la forza di fare niente, sono esausta. Davide, devo chiamare Davide; ma non ora, adesso voglio rilassarmi.

«Che fai sul letto con tutti i vestiti addosso?» chiede mia sorella entrando in camera.

«Adesso me li tolgo, sono a pezzi, Martina, ma lo sai che cosa ho scoperto?» e la metto al corrente di tutto il fatto. Lei è sconvolta e preoccupata, questa storia non le piace per niente e pensa che devo smettere subito di uscire con Marco.

«È troppo pericoloso; e se ti dovesse coinvolgere in qualche brutto affare e ti mettesse nei guai?»

«Non succederà, stai tranquilla, Marti.» Lei si siede sul letto e rimaniamo vicine ancora un po'. Alzo gli occhi sopra il letto e vedo il quadro appeso al muro; un dipinto fatto su tessuto, rappresenta un monumento di colore bianco.

«Marti, ti ricordi?» le dico indicando il quadro.

«Taj Mahal» mi risponde pronta.

Caldo, umido, sole, aria appiccicosa. Prima tappa del viaggio. Eravamo appena arrivati ad Agra ed eravamo tutti stravolti, sentivamo ancora il fuso orario. La mattina dopo i miei decisero di andare a vedere questo famoso, anzi famosissimo posto, il Taj Mahal appunto. Per arrivarci prendemmo un risciò dall'albergo. Io ero seduta sulle ginocchia di mio padre e Michele su quelle di mia madre. Appena scesi fummo travolti da una moltitudine di bambini, tutti scalzi, mezzi nudi, sporchi; chiedevano l'elemosina allungando la mano verso di noi, quasi a toccarci; io e i miei fratelli a quella vista ci bloccammo all'istante, terrorizzati. Poi la mamma disse qualcosa in hindi e con passo deciso ci spinse tutti e tre in avanti verso la grande scalinata. Per buoni dieci minuti io e Martina non riuscimmo ad aprire bocca; non ci era mai capitato di vedere tanti bambini ridotti così, sembravano come malati. I miei, vedendo le nostre facce sconvolte, ci dissero che episodi come quelli era facile vederli, l'India è un paese povero. A parole sembra facile da capire, ma toccare con mano per noi fu come uno schiaffo in piena faccia; ancora mi vengono i brividi lungo la schiena solo a pensarci.

«Mi è venuta sete, ti va un succo?» chiede Martina.

«Sì, vado io; a me è venuta anche fame.»

Torno con un panino al prosciutto e la bottiglia di succo di pera, quella che piace tanto a mia sorella.

«Certo che sembra sia passato un secolo da quel viaggio.»

«È vero; a volte non mi sembra neanche reale. Vorrei prima o poi portarci Paolo.»

«Pensi che gli piacerebbe?»

«Non lo so, forse non tanto; lui è così schizzinoso che penso potrebbe rimanere sconvolto da tutto. Però i paesaggi sono così magici che forse potrebbe anche dimenticare il resto. Secondo te?» mi chiede.

Non credo sia un posto per lui; Paolo è più per l'America, penso che al massimo potrebbe andare in qualche villaggio dei Caraibi. Guardo mia sorella: è distesa e i suoi capelli sono sparsi sul cuscino. È proprio bella, con quel viso così delicato, un po' ovale che insieme agli occhi così scuri ti risucchiano dentro. Potrebbe avere qualsiasi ragazzo; ma invece lei non ci pensa proprio, sembra quasi che non si senta a suo agio con la sua bellezza, la imbarazza quasi. Lavinia non si capacita, farebbe carte false per essere come lei.

«Certo, pensa quanto è romantica una persona che fa costruire un mausoleo come il Taj Mahal solo per te come atto d'amore; roba d'altri tempi.»

Sorrido, Marti doveva nascere in un'altra epoca e forse anche in un altro posto.

In ogni caso quel luogo è veramente incredibile. Fu fatto costruire da un imperatore in memoria della seconda moglie, che morì di parto lasciando il marito in un tale stato di prostrazione per cui, secondo la leggenda, nell'arco di una notte tutti i capelli divennero bianchi. Una seconda leggenda, pare non molto veritiera, sostiene che il monumento avrebbe dovuto avere un compagno: l'imperatore infatti voleva far erigere un secondo mausoleo in marmo nero come propria tomba; ma prima di poter cominciare l'opera, il figlio lo destituì dal trono.

Tre sono gli ingressi del monumento, ma quello principale si trova sul lato occidentale.

Appena lo varchi ti trovi un viale immenso, costeggiato da un viottolo d'acqua e alla fine, in tutta la sua maestà, appare il Taj Mahal, in tutto il suo candore, è sì perché è completamente bianco. All'interno della struttura centrale ci sono le tombe dei due coniugi; infatti alla morte del marito il figlio fece mettere l'urna del padre vicino alla moglie. Da qualsiasi punto lo guardi è fantastico, con tutte quelle decorazioni che lo avvolgono interamente. Per non parlare della tranquillità, della pace che emana; sembra non appartenere alle baracche, al caos, allo smog, alla confusione che lo circondano.

«Che fate, dormite?» chiede Michele affacciandosi sulla porta della nostra camera da letto. Certo, lui ha una camera a parte, da solo; i nostri genitori, appena nato, ci spiegarono che non poteva dormire con noi; all'inizio perché dava fastidio con le sue urla di notte e poi perché noi eravamo diventate troppo grandi per spogliarci davanti a lui, ma questa spiegazione non ci ha mai convinto molto.

«No, stavamo parlando» risponde Martina e lui, senza aspettare di essere invitato, entra e si butta sul letto con noi.

«Di cosa, di maschi?»

«Ficcanaso! Ti piacerebbe saperlo, eh?» gli dico e senza dargli il tempo di rispondere gli lancio un cuscino. In un attimo è il caos; io e Martina ci buttiamo su di lui facendogli il solletico; lui prova a scappare ma viene riafferrato e buttato a terra. Sentendo il trambusto arriva di corsa Teo che, felice di giocare, si butta nella mischia, mordendo chiunque gli capiti a tiro. Ma il trambusto ormai è tale da richiamare nostra madre. Le ci sono voluti dieci minuti buoni per farci calmare tutti. E Michele se n'è andato offeso nella sua stanza giurando di vendicarsi alla prima occasione. È un tipo tosto, mio fratello; chissà quando sarà grande, quanto filo da torcere darà a tutti noi!

7

...Io ti amo, io ti amo,
più della vita, lo sai...

Sto aspettando Davide alla solita panchina per raccontargli gli ultimi avvenimenti; questo è quel che cerco di dirmi, ma in realtà muoio dalla voglia di rivederlo. Non so cosa mi stia succedendo, ma da due giorni non faccio altro che pensare a lui; sta diventando quasi un'ossessione. Secondo Lavinia mi sono finalmente innamorata, anche se, sostiene, non sono stata proprio una volpe a sceglierne uno già fidanzato; ma già, come si dice, l'amore è cieco! Ovviamente esagera, non è come pensa lei, non sono così persa. Davide è molto carino, questo non si discute; ma la cosa che mi piace di più è il suo modo di parlare, ridere, e poi quel muoversi così, così...

«Ciao, distratta da brutti pensieri?»

Lupus in fabula!!! Arrossisco senza ritegno e mi alzo cercando di darmi un contegno. Meno male che sono scura di carnagione.

«No, stavo solo ripassando un pezzo della mia relazione.» Come no!

«Quella in inglese?»

«Sì, proprio quella.»

Wow, non si è accorto di niente.

«Teo dove sta? Non lo vedo» E Teo, sentendo il suo nome, appare da sotto la panchina.

Davide lo prende in braccio e se lo coccola tutto. Rimango ipnotizzata dalle sue mani, così lunghe e affusolate, e le immagino su di me. Rabbrividisco e distolgo lo sguardo.

«Ho la macchina, ti va se ci facciamo un giro?»

«Ma dài, non sapevo guidassi.»

«Non sai molte cose» mi dice sorridendo.

«Okay, andiamo, anche perché oggi fa troppo freddo!»

Mentre ci avviamo gli racconto della scomparsa della scatola di Lavinia. È d'accordo con me nel pensare che ci siano buone probabilità che sia stato Marco, ma sono solo supposizioni, per inchiodarlo dobbiamo coglierlo sul fatto; così si offre di darmi una mano. Sorrido, mi piace sapere di poter contare su di lui, mi tranquillizza.

«Ma non vorrei crearti problemi con Giulia» aggiungo con falsità.

Sono una vipera!!!

«Lei non c'entra in questa storia.»

Se fossi io la sua fidanzata, la cosa mi riguarderebbe, eccome.

Dopo una mezz'ora arriviamo fuori Bologna, in collina. Scendiamo dalla macchina e camminiamo lungo un vialetto alberato; c'è ancora una bella luce. Facciamo pochi passi quando mi sento tirare e mi ritrovo in un lampo a pochi centimetri dalla sua bocca.

«Davide, che succede?» chiedo allarmata.

«Lo so che adesso penserai che sono fuori di testa, ma non ci riesco, devo dirti una cosa. Non riesco a starti lontano. Da quella volta a casa tua non faccio altro che pensare a te, mi stai facendo impazzire. Mi giro per la strada e vedo i tuoi occhi, questi capelli, così belli. Te li posso slegare?»

Trattengo il fiato; non mi esce una sillaba. Sento il suo odore che mi penetra dentro.

Lui, senza aspettare risposta, mi toglie l'elastico e una montagna di capelli si sparge sulle mie spalle. Li tocca, ci infila le mani e io ho un fremito di piacere. Chiudo gli occhi per assaporare meglio quel contatto, e poi le sue labbra mi sfiorano il collo.

«Davide...»

«Alicia, Alicia, ti prego, non dire niente.» Mi stringe ancora di più e mi bacia. In un attimo perdo il senso della realtà e il mondo comincia a girarmi tutto intorno. Sento le sue labbra morbide, la sua lingua insinuarsi; mi lascio andare a quel contatto, a quel calore che arriva da dentro. Non mi importa più di niente, solo io e lui. Davide mi sospinge leggermente appoggiandomi all'albero. Sento il suo corpo addosso e mi ritrovo con le mani sul suo petto, sulle sue braccia, sul collo, tra i capelli. Vorrei non finisse mai, vorrei che questo momento durasse per sempre. Mi sembra di impazzire, ogni suo tocco sono mille scariche elettriche; sono in balia delle onde, ma non onde normali, enormi, oceaniche, come quelle dei surfisti. Mi sento sballottata, travolta, risucchiata, spinta, ripresa e poi di nuovo risucchiata. In un attimo le sue mani sono sotto la maglietta; mi accarezza la schiena, la pancia e sta per insinuarsi sotto il reggiseno, ma io mi sciolgo dall'abbraccio e ridendo corro via. Lui mi insegue, mi riprende veloce come un felino e ci abbracciamo di nuovo. Mi avvolge da dietro, insinua la sua testa tra i miei capelli e mi mordicchia il collo. Provo a resistergli, ma non ci riesco; dei brividi mi attraversano tutto il corpo come un fulmine lasciandomi senza fiato. Per la velocità con cui mi sto sciogliendo, mi sento come un pezzo di ghiaccio vicino al fuoco e in un attimo capisco di essermi persa; persa completamente. Mi giro, alzo la testa e lo guardo. I suoi occhi sono immensi, scuri e profondi, vorrei dire qualcosa ma ho paura di rovinare tutto. Lui mi stringe ancora più forte fino a togliermi il respiro. Rimaniamo così ancora un po', poi ci avviamo alla macchina e facciamo il viaggio di ritorno in silenzio.

Per tutto il tempo guardo fuori il finestrino, mi viene da piangere.

È tutto sbagliato, penso, non dovevo farlo; adesso cosa succederà? Sono stata una stupida, lui sta insieme a Giulia, come ho potuto essere tanto ingenua.

«Senti, Alicia, vorrei dirti...»

«No, ti prego, non dire niente.»

«Ma vorrei spiegarti.»

«Non c'è niente da dire, le cose sono fin troppo chiare.»

«Ma tu mi piaci da morire.»

Chiudo gli occhi stringendoli forte.

«Ma stai con un'altra» finisco io la frase per lui.

«Domani la lascio, Giulia non conta niente; voglio stare solo con te, io ti amo!»

Ma in realtà dalla sua bocca esce altro: «Non mi è mai successo, voglio tu sappia che non l'ho mai fatto con nessun'altra; con te è diverso. Non riesco a non pensarti.» Per un attimo ci ho sperato! 'Amore non è, senza amaro'. Oddio, sto diventando come la nonna: parlo per proverbi!!!

«Non so che dire. Anche io non faccio che pensare a te, ma non voglio stare male e non penso sia giusto neanche verso la tua fidanzata.» Brava, fai la dura!

Arriviamo davanti alla mia bici che è ormai tardi. Mi giro a guardarlo un'ultima volta, provo a sorridere senza successo, poi lo saluto frettolosamente ed esco. In un attimo lui è dietro di me, mi abbraccia e mi bacia di nuovo.

«Non posso stare senza di te!»

«Esagerato, in fondo neanche mi conosci» provo a scherzare cercando di resistergli.

«Non mi vuoi più vedere?» chiede girandomi.

«Non ho detto questo, ciao» e sciogliendomi dal suo abbraccio aggiungo, ricacciando indietro le lacrime: «Ti terrò informato sui prossimi eventi. La caccia al ladro continua.»

La vita è strana, un giorno pensi sia bellissima e quello dopo è uno schifo. Sono a casa della nonna e il mio silenzio la sta seriamente preoccupando.

«Cosa ti è successo? Hai una faccia... Litigato di nuovo con la mamma?»

«No, la mamma questa volta non c'entra niente. Niente di preoccupante, sono solo depressa.»

«Ma che dici, non si può essere depressi alla tua età!»

«Perché no?» rispondo battagliera.

«Va bene, scusa; è per via di qualche ragazzo? Quello dell'altro giorno?»

Annuisco e poi le racconto tutto. Lei rimane in silenzio tutto il tempo, sorridendomi ogni tanto. Poi chiede se voglio una fetta di torta di carota che ha preparato questa mattina. Ci rimango male; ma come, prima mi chiede di parlare e poi si disinteressa?

«Calmati e mangia la torta, l'ho fatta per te» risponde e si siede vicino. «Quanto ti piace questo Davide?»

«Tantissimo, me lo sogno anche la notte.»

«E a lui pensi di piacere veramente o vuole solo avere una storia... diciamo extra?» Che nonna moderna, troppo forte.

«Non lo so, nonna, sembra sincero quando dice che non può stare senza di me.»

«Magari vuole solo portarti a letto!»

«Nonna, ma che dici!» rispondo arrossendo. Altro che moderna, è pure sfacciata!

«Dài, Alicia, sono stata giovane anche io, lo so come vanno certe cose.»

«Ma non sono discorsi che posso fare con te.»

«Troppo vecchia?»

«No, è che mi imbarazzo.»

«Va bene, ma ricordati che se un giorno avrai voglia di chiedere qualcosa, qualsiasi cosa, non ti fare scrupoli, io sarò qui.»

«Okay.»

In fondo è quello che è successo a lei e al nonno, mi racconta. Si sono conosciuti a casa di amici comuni, ma lui all'epoca stava con un'altra ragazza. La loro storia clandestina è durata un paio di mesi, poi la nonna si è stancata di vederlo di nascosto e così l'ha lasciato. Lui pare che da quel momento abbia perso la testa; la seguiva, l'aspettava sotto casa, le mandava fiori e biglietti profumati.

Rimango sbalordita della scoperta, nessuno me l'aveva mai raccontata la loro storia d'amore; e pensare ai nonni come a due amanti clandestini... proprio non riesco a immaginarmeli.

Lei ride divertita.

«Ma non ci sono mica andata a letto prima del matrimonio!»

Mi sembrava strano, penso maliziosa.

«Però non sai che baci ci siamo dati» continua trasognata, e ride come una bambina.

«E poi cosa è successo?»

«E poi mi ha scritto una lettera, la conservo ancora, vado a prenderla» e sparisce per tornare subito dopo con un foglio tutto spiegazzato; lo apre e me lo passa.

«Leggilo a voce alta» dice e si siede accanto a me.

Luce dei miei occhi,
dal primo momento che ti ho vista non faccio altro che pensarti e il mio cuore, debole, palpita a ogni tuo sguardo. La fiamma che mi consuma è l'unica ragione che mi permette di continuare a vivere.
Come posso stare senza di te? Non riesco a immaginare la vita senza averti a fianco.
Sorvolerei oceani, percorrerei lande e deserti interminabili per poterti cullare e tenere ancora tra le mie braccia.
Perdonami, mia dolce Emilia, se ti ho fatto soffrire; lo so che non sono stato degno del tuo amore ma, ti prego, credimi, se me ne darai la possibilità farò in modo di non deluderti mai più.
Per questo, mia adorata, ti chiedo di non permettere che il nostro amore venga spazzato via dal vento.
Tuo per sempre,

Giulio

Rimago in silenzio mentre un nodo in gola mi impedisce di parlare.

«Nonna, è bellissima!»

Lei mi guarda con gli occhi lucidi.

«Ogni volta mi fa sempre lo stesso effetto» dice asciugandosi una lacrima.

L'abbraccio, emozionata quanto lei.

«Pensi che questo Davide potrebbe amarti fino a questo punto?»

«Non lo so, nonna, proprio non lo so!»

«Be', allora scoprilo.»

In fondo la nonna ha ragione; se mi piace dovrei fare qualcosa di più e se lui tiene veramente a me potrebbe anche lasciare Giulia.

'Se son rose fioriranno, se son spine pungeranno'. Nonna docet.

A casa, Michele mi aspetta con aria per niente rassicurante.

«Mi stavi aspettando? Devi dirmi qualcosa?»

«Ti ho visto ieri.»

«Dove?»

«Vicino ai giardini, mentre ti baciavi con un ragazzo.»

Mi si gela il sangue.

«Ma che dici?»

«È inutile che neghi, ho riconosciuto Teo. Mi sono anche avvicinato per vedere meglio ed eri proprio tu» conclude con aria trionfante.

«E allora, se anche fosse?»

«Mamma lo sa? Come si chiama? Chi è?»

«Fatti gli affari tuoi.»

«Appunto, non vorrai che le dica che ti stavi baciando con un ragazzo molto più grande di te; e potrei aggiungere che eri in mezzo alla strada, proprio dove tutti ti potevano vedere!»

Non credo alle mie orecchie. Vorrei prenderlo a schiaffi, ma so che andrebbe subito dai miei a spifferare tutto. Anche perché sappiamo bene che la mamma mi farebbe il terzo grado su Davide, e se venisse a sapere che è anche fidanzato... sarebbe la fine.

«Che vuoi?»

«Mamma non vuole che vada al cinema da solo con i miei amici, domani dopo la partita di pallone, così potresti accompagnarci tu; magari ci aspetti fuori oppure ti metti all'ultima fila.»

Nient'altro? Vorrei strozzarlo, uffa, al cinema a fare la baby-sitter a quattro mocciosi urlanti.

«Perché non lo chiedi a Martina?»

«Già fatto, ma non può.»

Sono fregata!

«Che film è?»

Mi dice un titolo sconosciuto; dio, sarà il solito film d'azione, dove si fugge sempre da qualcosa, scoppiano bombe, bruciano macchine e alla fine il cattivo muore. Capisco di non avere scelta e così a malincuore accetto. Lui sorride soddisfatto e prima di uscire mi dice: «Comunque sembrava ti piacesse molto il tipo» Gli lancio una scarpa, ma lui la schiva e sparisce. Ma... ecco cosa posso fare: invito al cinema anche Marco.

Mando un sms a Marco, domani dovevo vedermi con lui. Mi chiama.

«Buca all'ultimo minuto, come si chiama?»

«Veramente devo fare la baby-sitter a mio fratello, lo porto al cinema con i suoi amici, se ti va puoi aggregarti.»

Lui senza pensarci due volte accetta.

Riattacco che sono nervosa. Da quando il sospetto si è fatto più concreto, non mi sento più rilassata con lui, anzi. Per fortuna ci saranno anche Michele e i suoi amici. Comunque sono combattuta, da un lato vorrei trovare degli appigli per scagionarlo e dare ragione a Lavinia, dall'altro però ci sono troppe coincidenze che fanno pensare che è proprio lui il ladro.

Accendo lo stereo e la stanza si riempie delle note di Avril Lavigne. Vado su msn e trovo la mia amica, ma è di cattivo umore. Ha litigato con il padre perché non vuole mandarla a lezione di hip-hop; sostiene che potrebbero metterle strane idee in testa, tipo voler fare la velina. Rimango basita, come gli può venire in mente una cosa tanto stupida? Le consiglio di insistere con la madre, ma pare decida solo il padre.

«Potresti sempre andare di nascosto.»

«E chi me li dà i soldi?»

«A Natale, durante le vacanze, potresti trovare un lavoretto in modo da iscriverti a gennaio.»

«E se mi scopre? Cosa gli dico, dove vado?»

«Che vieni a studiare da me.»

«Lo sai non mi piace dire le bugie, mi fa sentire a disagio.»

«Hai ragione, non è una grande idea.»

In quel momento appaiono sia Endy che Luca.

«Hai visto chi c'è?»

«Sì, li ho visti, ma con Luca non voglio più parlare.»

«Addirittura, perché?»

«È sparito, dopo che gli ho detto che doveva smettere di promettermi di venire ogni settimana.»

«Forse sei stata troppo dura.»

«Forse, ma tanto non c'era ancora niente, e poi adesso mi piace Marco.»

«Lavi, smettila, te lo devi togliere dalla testa.»

«Non ci penso proprio.»

«Ma è pericoloso.»

«Questo è tutto da vedere.»

«Va bene, ma vacci piano. A proposito, domani vado con lui al cinema.»

«Ah!»

«Senti, non metterti a fare la gelosa, lo sai perché lo faccio; a me lui non piace neanche un po'.»

«Sì, lo so, preferisci quelli alti» risponde allusiva.

Le chiedo se vuole venire con noi, ma rifiuta; preferisce aspettare la festa di sabato. Chiede se ci sono stati risvolti sul fronte Davide, ma dopo quel pomeriggio ci siamo solo mandati dei messaggi, senza mai fare riferimento a quello che è successo. Lui insiste per vedermi di nuovo e anche io vorrei, ma sono ancora molto disorientata. Penso che alla fine seguirò il consiglio della nonna e proverò a capire meglio le sue intenzioni, non ho voglia di essere la seconda scelta.

A proposito di sabato, Davide non è molto contento che vada alla festa, vuole venire anche lui, nel caso dovesse capitare qualcosa di spiacevole; ma ho come la sensazione che la verità è un'altra, è geloso e questo pensiero mi diverte molto.

«Ti è piaciuto?»

«Forte, tutta quell'azione, proprio un grande film; tuo fratello ha dei bei gusti.»

Mugugno qualcosa.

In realtà il film era orrendo, come previsto, ma non mi va di fare la tipa troppo raffinata. Appena usciti dal cinema, Marco si offre di accompagnarci a casa e Michele si entusiasma, si sono piaciuti subito. Gli squilla il cell.

«Ciao, sì, no, adesso ho da fare. No, sono con un'amica; no, non la conosci; ti chiamo io dopo, ciao.»

«Fidanzata gelosa?» provo a scherzare.

«No, mio fratello» risponde.

E così scopro che ne ha uno più grande, di ventun anni, che si chiama Simone, ma non riesco a capire bene cosa faccia nella vita. Intuisco che lo considera uno fico; molto simpatico e pieno di amici. Da come lo descrive non mi piace per niente, ma rimango in silenzio. Sabato è la festa di un suo amico, così avrò modo di conoscerlo e rendermene conto di persona; è sicuro che mi piacerà, anche perché con le ragazze è uno forte, ci sa fare. Mentre parla, la mia mente continua a pensare al modo per non farlo arrivare a casa mia, così ogni volta prendo strade diverse, con Michele che prova debolmente a protestare. Sto per perdere le speranze quando all'improvviso ho un'idea.

«Scusami, Marco, mi sono ricordata che avevo promesso a mia nonna di passare dalla sarta per lei. Devo lasciarti, sarà sicuramente in pensiero.»

«Vai, vai, non ti preoccupare, a domani» e girandosi verso Michele gli dà il cinque.

Abbozzo un sorriso di scusa, prendo mio fratello per il braccio e lo spingo via. Certo è strano... come può essere, un tipo così carino e gentile con i bambini, un ladro?

«Ma da quando la nonna va dalla sarta? Non ha la macchina da cucire a casa?» chiede mio fratello mentre ci allontaniamo.

«Infatti era una balla, non dobbiamo passarci. Non avevo voglia di farmi accompagnare a casa da Marco.»

«Perché? A me sembra uno simpatico.»

«Hai ragione, ma non lo conosco ancora molto bene.»

«E allora come mai ci vai alla festa sabato?»

«Perché non stai un po' zitto e vai più veloce?»

8

...Per cento giorni, per cento anni,
non finirò di amarti mai.
non finirò di amarti mai...

Camminiamo veloci fianco a fianco parlando fittamente; siamo tutte e due su di giri per via della festa. Per fortuna la fanno vicino a via del Pratello, ci stiamo andando a piedi. Guardo Lavinia e sorrido, oggi è proprio carina, si è messa in tiro: capelli sciolti, ombretto azzurro che si intona con i suoi occhi, gonna jeans nera corta, camicia bianca semitrasparente con sotto top dello stesso colore, maglia rossa scura a manica larga e per finire calze nere scure e sneakers.

«Hai proprio deciso di fare strage di cuori.»

«Me ne basta uno» risponde, facendo l'occhiolino.

'All'amor non si comanda' direbbe la nonna.

Sorrido, è proprio testarda come un mulo; se si mette in testa una cosa non riesci a farle cambiare idea per nessuna ragione al mondo. È peggio di me.

«Anche tu non scherzi, stai da dio!» dice, guardandomi con aria complice.

In effetti non sono niente male: indosso pantaloni aderenti neri corti a vita bassa, maglia verde scuro e stivali. I capelli sono divisi in due lunghe trecce e, dulcis in fundo, porto dei braccialetti di vetro colorato che ho comprato in India; mi piace da morire sentirli tintinnare a ogni movimento della mano.

«Ehi ragazze, ciao, siete nuove, come vi chiamate? Cosa bevete?» ci chiede un tipo venendoci incontro all'entrata.

«No, grazie, stiamo cercando Marco, lo conosci?»

«Chi, il fratello di Simone?»

«Sì, proprio lui.»

Indica una stanza in fondo al corridoio e si allontana con passo vacillante.

«Alicia, Lavinia, siete venute; sono proprio contento!» Marco ci viene incontro sorridendo. La stanza è piena di gente e di fumo. Ci avviciniamo a un tavolo, prendiamo qualcosa da mangiare e ci sediamo in un angolo, seguite da Marco che arriva con tre birre.

Mi guardo intorno incuriosita; sono tutti più grandi di noi, ma l'atmosfera sembra piacevolmente tranquilla. Lavinia si lancia subito su Marco come un leone sulla preda; ride a ogni sua battuta, guardandolo intensamente. Ogni tanto si avvicina qualcuno per salutare Marco, e lui non perde occasione per presentarci. Intanto il volume della musica viene alzato e qualcuno si è messo a ballare. Poi Marco si alza di scatto e va incontro a tre ragazzi entrati proprio in quel momento. Loro fanno un impercettibile movimento della testa verso di lui, aspettano che li raggiunga e uno dei tre gli dà una pacca sulla spalla; Marco sorride, adesso più rilassato. Capisco che stanno facendo commenti su noi due e il sangue mi si gela nelle vene, mi sento spogliata con gli occhi.

«Penso che uno di loro sia il fratello di Marco» sussurro all'orecchio di Lavinia.

«Quale?» Si gira e guarda in quella direzione.

«Non lo so, forse quello alto con i capelli neri. Non sembra gli somigli?»

«Forse, ma non mi piace, ha lo sguardo troppo strafottente.»

Effettivamente si muove con passo fin troppo sicuro, sorridendo e inviando baci a destra e sinistra come se fosse una star che saluta i suoi fan.

«Alicia, Lavinia, questo è mio fratello Simone, e loro sono Filippo e Andrea.» Marco è raggiante; dunque è proprio lui, il fratello 'fico'. L'istinto mi porterebbe ad alzarmi e andarmene senza neanche presentarmi, ma ricordo a me stessa perché sono lì, così alzo lo sguardo e sorrido appena.

«Marco, non sapevo avessi amiche così carine, dove le hai tenute nascoste fino a ora?» ridacchia Simone, continuando a fissare la mia scollatura. Il fratello sorride imbarazzato.

Se rimango un minuto di più vomito; mi alzo e vado a prendere da bere.

«Sei una che fugge?» sento dire alla mia sinistra.

«Scusa?» mi giro a guardare chi... Simone, che sfiga!

«Non è carino andarsene quando qualcuno ti sta parlando.»

Lo guardo con occhi di ghiaccio.

«Selvatica... mi piacciono quelle come te!»

Sento il suo sguardo vagare sul mio corpo e fermarsi sempre nello stesso punto; ho un fremito di disgusto.

«Parli bene l'italiano, da dove vieni?.»

Mi giro per prendere un pezzo di torta. «Dall'Italia, sono nata a Bologna.»

«Con questa pelle così scura? Mi sembra strano!» Pure razzista, questa proprio mi mancava; senza degnarlo di una risposta mi allontano e torno da Lavinia.

«Senti, questa festa non mi piace per niente, perché non andiamo via?» le bisbiglio all'orecchio.

«Ma io mi sto divertendo un mondo e Marco è così carino con me. Rilassati, Alicia, e poi non ti dimenticare perché siamo qui.»

Rassegnata mi siedo; giusto, non sono qui per divertirmi!

Dopo una mezz'ora sono più rilassata; Simone e i suoi due amici sono spariti e noi ci siamo spostati sul divano insieme a un amico di Marco che sta raccontando degli episodi esilaranti; dopo poco veniamo raggiunti da altre quattro persone che si siedono con noi. In un attimo sul tavolo spuntano delle sigarette, ma no, che dico, quelle sono... sì, sono proprio canne! No, io quelle non le fumo; i miei hanno detto che non devo, fanno male. Cerco una via di fuga, ma sono circondata, e Lavinia è troppo distratta da altro. Ora che faccio? Basta dire che non mi va; giusto, mica è detto che devo fumarla per forza! Mi tengo occupata sorseggiando un cocktail di frutta. L'aria intorno a noi si riempie di un odore dolciastro, ognuno fa una tirata e poi passa la canna a quello vicino; strano modo di fumare. Ecco, adesso arriva a me, tranquilla, devo essere sciolta, devono pensare che l'ho già fumata, ma oggi proprio non mi va. Me la passano.

«No, grazie, io no» dico imbarazzata.

«Ma dài, Alicia, fatti un tiro, non ti succede niente, non ti preoccupare, prova, se poi non ti piace la passi» mi incitano tutti. Complimenti, Alicia, non ci è cascato nessuno. Sai essere una vera attrice quando vuoi.

Mi sento persa, vorrei dire ancora no, ma cosa penserebbero tutti? Che sono una fifona; guardo Lavinia in cerca d'aiuto, ma anche lei mi spinge a provare.

«Non ti succede niente, Alicia, una volta provata non smetti più!» ridacchia una ragazza. Sorrido, ma vorrei piangere.

Così, con mano incerta la prendo, la guardo e poi la appoggio alle labbra.

«Adesso inspira un po' e poi manda giù il fumo, lentamente. Brava, così» e ridono tutti.

Sento uno strano sapore in bocca e mi viene da tossire. Aspiro ancora e ci riprovo, e soddisfatta di me la passo a quello vicino. Mi appoggio allo schienale del divano; non sembra succeda niente, forse i miei hanno esagerato. Alla fine del secondo giro mi ritrovo a parlare e ridere come non mi era mai successo; adesso la festa sembra molto più divertente. Marco e Lavinia sono seduti vicino e lui le ha messo un braccio dietro la spalla, le sta toccando i capelli e lei gli si è buttata addosso; non mi ero accorta che a lui piacesse lei, be', meglio così! Mi alzo per prendere un po' d'aria, sembra che i suoni e le voci siano differenti, è tutto più ovattato. Sono accaldata e così vado verso un balconcino in fondo alla stanza ondeggiando e sorridendo a tutti; è come se fossi brilla. Mi appoggio con le spalle al muretto guardando dentro e l'aria mi solletica il collo; respiro sentendomi meglio. Proprio in quel momento vedo Simone che dal corridoio fa un cenno con la mano a Marco, il quale sussurra qualcosa a Lavinia, si alza e sparisce insieme al fratello in una stanza al di là del corridoio; senza pensarci due volte li seguo. Provo ad appoggiarmi con aria distratta alla porta per origliare, ma il frastuono sovrasta tutto.

«Ti senti male?» mi chiede un ragazzo.

Lo guardo inebetita e sorrido.

«No, grazie, mi sta solo girando un po' la testa» e proseguo entrando nella porta successiva, che fortunatamente è il bagno; chiudo a chiave e appoggio l'orecchio al muro che mi divide dall'altra stanza. Sento delle voci soffocate, ma non distinguo cosa dicono. Mannaggia a me e alle canne! Sono arrivata fin qui e adesso che potevo capirci qualcosa mi sembro un bradipo sordo. Alzando gli occhi al soffitto, mi accorgo di una piccola finestrella sulla parete comunicante che a una prima occhiata mi era sembrata finta. Gli spingo sotto un mobiletto, mi ci arrampico sopra e affino l'udito. Ma il battito furioso del cuore impedisce di sentire qualsiasi cosa. Appoggio una mano sul petto e i braccialetti tintinnano; li blocco, trattengo il respiro e appiattisco l'orecchio alla finestra.

Sembrano almeno tre.

«Allora, Marco, quando ce la porti altra roba?»

Oddio, ma allora è vero, avevo ragione io; mi tremano le gambe.

«Non è così facile, Simo; lo sai che devo stare attento, ti posso portare qualcosa tra una settimana.»

Ma di che parlano, droga?

«Prima, mi serve prima. Ti dico io cosa devi fare...»

Non riesco a sentire il seguito della frase perché bussano alla porta.

«Un attimo» dico a voce alta.

Nell'altra stanza cala il silenzio. Sono veramente un'idiota, mi hanno sentito; riprendono a parlare.

«Lo sai che più ne porti più ne prendi?»

Di che, di soldi? O di droga anche lui? Devo avvertire Lavinia, e poi devo scrivere a Davide. Cerco il cell in tasca e solo in quel momento mi accorgo che ci sono quattro sue telefonate; alzo gli occhi al cielo, ho dimenticato di chiamarlo. Provo a fare il numero, ma la testa mi gira, mi aggrappo alla finestra ma manco la presa, scivolo e cado rumorosamente sul pavimento portandomi appresso uno specchio che va in mille pezzi. Se non mi avevano sentito prima, adesso non c'è più alcun dubbio. Mi alzo a fatica, recupero il cell finito vicino al water e carponi raccolgo tutti i vetri rotti sparpagliati nel bagno.

Porta male, rompere uno specchio, sono sette anni di disgrazia, direbbe mia nonna; lei e i suoi proverbi, e sette anni sono una vita!

Delle voci concitate bussano con insistenza alla porta.

«Chi c'è dentro? Apri la porta, ti senti male?»

«No, va tutto bene, un secondo e sono fuori.»

Butto tutti i vetri dentro il cesto della biancheria sporca, mi do una risistemata e apro la porta.

Simone è lì davanti che mi guarda con gli occhi socchiusi.

«Alicia, sei tu! Cosa è successo? Abbiamo sentito un trambusto pazzesco. Ti sei fatta male?» chiede mettendosi tra me e la porta.

«Non è niente, ho solo avuto un giramento di testa; ma ora va bene.» Provo a sorridere, ma mi sento uno schifo.

In un attimo è dentro, chiude la porta e ci si appoggia.

«Che fai? Fammi uscire, perché hai chiuso la porta?» gli dico allarmata.

«Ci stavi spiando?» mi chiede con sguardo minaccioso avanzando verso di me.

«Di che parli?»

Indietreggio. Lui si guarda intorno velocemente, vede la finestra, il mobile e torna su di me.

«Sei salita lì sopra per origliare?»

Ma come ha fatto a capire? Guardo in quella direzione e mi accorgo che il tappetino che ho messo sotto alle gambe del mobile non lascia molti dubbi.

«Non è come pensi. Quando sono entrata qui il mobile era già in quella posizione; mi ha solo girato la testa e nel cadere ho rotto lo specchio che vi era poggiato sopra.» Mi tremano le gambe e le tempie battono furiosamente. Adesso mi fa a pezzi; dio, fa' che non si accorga che sto mentendo. Intanto sono arretrata fino a toccare il muro vicino alla doccia.

«Dimmi la verità!» urla con voce strozzata.

«Smettila, Simone, mi fai paura, non so di cosa parli. Perché avrei dovuto origliare?» rispondo tremante.

«Dimmelo tu!»

«Fammi uscire, ho bisogno di aria.»

In un secondo il suo sguardo cambia, si rilassa, sorride e guardandomi con aria famelica mi blocca all'angolo, poggiando le braccia al muro.

«Va bene, ti voglio credere; ma ti lascio solo se mi dai un bacio» e senza aspettare la risposta prova a infilarmi la lingua in bocca. Aiuto... Che schifo! Giro la testa per evitarlo e lo spingo via con forza; ma lui ne approfitta per mettermi le mani sulle tette, sotto la maglietta.

«Come le immaginavo, grosse e sode. È da quando sono arrivato che ho voglia di toccarle.»

«Smettila,» urlo dibattendomi «lasciami stare, brutto verme schifoso.»

Le sue mani a piovra sono su tutto il corpo e in un

attimo la maglietta mi è arrivata al collo. Lo graffio sul viso e provo a dargli un calcio in mezzo alle gambe, ma lui, svelto, poggia tutto il peso su di me bloccandomi; riavvicina il viso, sta di nuovo per baciarmi quando lo mordo sul labbro. Simone rimane un momento stordito, quel tanto che basta per liberarmi dalla stretta e guadagnare una via di fuga.

Rimango dieci minuti buoni nascosta in cucina, rannicchiata in un angolo; mi sento umiliata, sporca, offesa, ma allo stesso tempo furiosa. Nessuno sembra accorgersi di me. Ancora tremante, mi alzo, sistemo la maglietta e con passo deciso vado verso l'uscita.

Lavinia, devo recuperare Lavinia. Come un fulmine torno sui miei passi ed entro in salone, ma lei non c'è; chiedo a una ragazza lì vicino, ma niente. Forse è ancora nella stanza in fondo, con Marco e gli altri; neanche. Non può essersene andata senza di me, penso disperata. Torno ancora indietro ed entro nell'unica porta rimasta ancora chiusa. Apro, e rimango basita. Lavinia, in mutande e reggiseno, è distesa sul letto avvinghiata a Marco, e sembrano non essersi accorti della mia presenza. Ma cos'è questa festa, un girone dell'inferno dantesco?

Chiudo gli occhi e sento ancora la testa girarmi; li riapro e senza pensarci due volte mi avvicino al letto, prendo i vestiti rimasti a terra, afferro Lavinia, la trascino giù dal letto e senza darle il tempo di protestare, la porto via.

Lei si riveste mentre scendiamo le scale di corsa.

«Che diavolo ti ha preso?» dice, cercando di starmi dietro.

«Tu non sai, Lavina, non sai che cosa mi è successo, una cosa orrenda.» Mi vengono le lacrime agli occhi, ma provo a ricacciarle indietro.

«Non voglio ascoltarti. Come hai potuto farmi una cosa del genere? Perché mi hai portato via da Marco?» sbotta all'improvviso.

Ammutolisco disorientata. Ora ci si mette anche Lavinia? Sono io quella che ha avuto un'esperienza orrenda e umiliante.

«Lo so perché l'hai fatto, sei gelosa» continua.

La guardo senza capire.

«Ma di che parli?»

«Sei gelosa perché a Marco piaccio io e non tu. Sei gelosa perché vuoi tutti i ragazzi per te; ti piace giocare con loro, sentirti al centro dell'attenzione. Averli ai tuoi piedi, pronti a scattare a ogni tua richiesta. Sei come l'ape regina, che fa e disfa a suo piacimento.»

«Come puoi dire una cosa del genere? Non è assolutamente vero!»

«Sì, invece, ammettilo. Sai di essere carina e di poter avere chiunque appena batti le mani. Certo, sei contenta se anche gli altri si fanno delle storie, ma è come se fossero tue concessioni; troppo facile essere splendide quando te lo puoi permettere.»

Non sta parlando di me, giusto? Come può dire queste cattiverie? Non capisco, cosa sta succedendo? Non sono il mostro che descrive! Improvvisamente mi sento stanchissima, non ce la posso fare, tutte queste emozioni violente insieme sono troppe. Grosse lacrime mi inondano il viso.

«Sei ingiusta, Lavinia, non me lo merito» dico tra un singhiozzo e l'altro, e non riuscendo più ad aggiungere altro, mi giro e fuggo via lasciandola lì a guardare il cortile.

'Amore e gelosia nascono in compagnia'.

* * *

Sono rimasta a letto per tre giorni di fila con la febbre alta, e i miei genitori si sono preoccupati moltissimo, non mi avevano mai visto in quelle condizioni. Non ho voluto mangiare né parlare con nessuno. Avevo degli incubi orrendi e mi svegliavo di colpo di notte, con il cuore in gola, e per due o tre secondi non riuscivo a capire dove mi trovavo. C'erano dei serpenti marini che si attorcigliavano intorno alle gambe e mi portavano verso il fondo di un lago, oppure tante mani che tiravano e spingevano dappertutto; altre volte ancora cadevo da dirupi altissimi. Alla fine del quarto giorno finalmente mi sono alzata, ma per tutta la settimana non sono andata a scuola. La prof di italiano, quella simpatica, ha chiamato mia madre preoccupata per la mia assenza prolungata. La nonna è rimasta quasi tutti i pomeriggi con me a farmi compagnia e a badare a Teo, che per tutto il periodo non si è mosso dal letto.

In quei giorni, a parte quando ho avuto la febbre alta, ho pensato molto a tutto quello che è successo negli ultimi giorni. Davide, Lavinia, Marco, Simone. In parte sono contenta di essere rimasta una settimana da sola senza sentire nessuno. Troppe cose da fare, decisioni da prendere; ora mi sembra tutto un po' più chiaro, almeno spero. Lavinia ancora non riesco a perdonarla per le cose orrende che ha detto su di me, anche se devo ammettere che forse, inconsapevolmente, un fondo di verità nel suo discorso c'è. Ma urlarmi in faccia tutte quelle cattiverie in quel modo, come se le pensasse da chissà quanto tempo, mi ha fatto dubitare della sincerità del nostro rapporto. E poi proprio quella sera che ero già sconvolta per tutto quello che era appena successo.

«Finalmente» dice mio padre entrando in camera e

sedendosi sul letto. «Sono tornato da due giorni e appena arrivato a casa non ho sentito il mio tesoro che mi veniva a salutare, non si fa mica così» continua con aria bonariamente offesa.

Sorrido.

«C'è Teo che non ha toccato cibo per tutto il periodo che hai avuto la febbre. Come ti senti?»

«Meglio, molto meglio» e lui mi accarezza i capelli.

«Allora adesso puoi dirmi che cosa è successo? Il tuo cellulare è andato in tilt per tutti i messaggi che ha ricevuto. Per non parlare di un certo mmh... fammi ricordare, sì, Davide; ha citofonato una volta qui a casa; doveva essere veramente preoccupato.»

Divento rossa.

«È solo un amico.»

«Si dice sempre così. Ma come mai Lavinia non ti ha mai cercato, è successo qualcosa tra voi?»

«No, cioè sì, abbiamo litigato.»

«Niente di grave, spero. Cose di ragazzi?»

«Come fai a saperlo?»

«Si litiga sempre per questo motivo. Anche a me è successo spesso per via di qualche ragazza. Una volta stavo anche per fare a pugni; mi hanno fatto un'imboscata in tre.»

«Non ci credo» rispondo incredula.

«Ti giuro. Mi avevano invitato a una festa; ma appena arrivato al portone, prima di entrare sono sbucati fuori tre miei compagni di classe che mi hanno circondato.»

«Nooo, ma tu come hai capito che volevano picchiarti?»

«Be' diciamo che ho immaginato cosa volessero.»

«E che hai fatto?»

«Ho pensato: adesso mi fanno a fette! Poi li ho guardati e ho capito che erano più spaventati di me; così ho giocato d'anticipo e mi sono buttato per primo tra i due più piccoli prendendoli alla sprovvista. Loro hanno perso l'equilibrio, dandomi il tempo di fuggire come un fulmine. Ancora me lo ricordo, sembrava un film; la macchina è partita sgommando, lasciandoli senza aver capito cosa era successo.»

«Ma perché volevano picchiarti?»

Sorride facendo un vago gesto della mano. «Be', ecco... ero andato a letto con la ragazza di uno di loro!»

«Papà! Non ci posso credere.»

«In effetti, quando ero giovane ho combinato qualche guaio» continua sorridendo sotto i baffi, che non ha. Adesso ho capito da chi ho preso!

9

...Perché per te questa vita è un girotondo
che abbraccia tutto il mondo, lo so...

Sono tornata a scuola da tre giorni e con Lavinia non ci parliamo ancora, gelo totale; lei sembra più offesa di me. La situazione non è facile, perché siamo anche compagne di banco ed è complicato di punto in bianco ignorare una persona che fino al giorno prima era la tua migliore amica.

Durante la settimana trascorsa a casa ero stata tentata di lasciar perdere la mia missione nel voler smascherare Marco; mi sembrava tutto sbagliato, complicato, ma adesso le cose le vedo meglio e, punto uno, non voglio rinunciare al mio ciondolo e, punto due, non è giusto che certa gente possa farla franca e, punto tre, accetterò l'aiuto di Davide... già, Davide, che dire, come fare a rinunciare a un tipo come lui? Anche solo a pronunciare il suo nome mi vengono i brividi, per non parlare di quello che mi succede quando gli sono vicina, non capisco più niente, non riesco a staccargli gli occhi di dosso, vorrei toccarlo ogni momento, secondo, attimo. È una necessità; non posso stare senza di lui, questo ormai mi è chiaro. Forse esagero, in fondo non lo conosco abbastanza, anzi, ci saremmo visti una decina di volte a dire tanto... lo so, ma ho capito subito che era il tipo che poteva farmi perdere la testa, e infatti così è stato, inutile negarlo. E poi quando ha saputo del casino della festa, si è talmente arrabbiato che mentre parlava, nel modo in cui parlava, era così dolce che ho capito di essermi perdutamente innamorata di lui.

Esco da scuola, salgo sulla bici e prendo via Rialto. Oggi c'è il sole e l'aria è frizzante ma piacevole. Decido di fare un giro più largo prima di arrivare dalla nonna, così passo per via Santo Stefano, arrivo a un incrocio e mi fermo al semaforo. Mi sento osservata, così mi giro un paio di volte ma non vedo nessuno; sto diventando anche paranoica, adesso. Beep, messaggio; tiro fuori il cell, Davide. 'Perché oggi non passi da me, così non decidiamo bene la strategia?'

Wow... forse allora ha ragione la nonna, vuole solo portarmi a letto!

Mi giro di scatto, ma niente, ancora quella brutta sensazione.

'Non lo so, ci devo pensare... forse corri troppo; cosa ne pensa Giulia?' Colpo basso!

Mi telefona. Sorrido, ma ora non ho voglia di rispondere. Giro su via Rizzoli e la sensazione diventa quasi certezza, mi sembra di ricordare che la macchina che mi sta dietro, quella nera sportiva, è da un po' che è sempre lì, dietro di me. Rallento volutamente e anche l'auto fa lo stesso; dunque non sono pazza, è vero, mi sta seguendo. Ma chi cavolo è? Forse Simone? Solo a nominarlo mi vengono i brividi. Taglio all'improvviso su via Sauro e poi subito a destra, ma la macchina è ancora lì. Andare a casa è troppo rischioso, così mi infilo sotto i portici, aspetto che la macchina mi raggiunga, poi faccio inversione e ripercorro i portici appena fatti. Sììì, urlo trionfante! La macchina, non potendosi fermare né fare retromarcia, è costretta a proseguire e girare a tutta velocità alla prima traversa a sinistra. Accelero, pedalo più veloce che posso, corro a perdifiato, giro in una traversa e poi in un'altra; infine mi infilo in un cortile e rimango lì, esausta e madida di sudore.

Chiamo Davide.

«Mi hanno seguito» gli dico bisbigliando.

«Alicia, sei tu?»

«Si, mi ha seguito una macchina nera.»

«Dove sei?»

«Non lo so dove sono andata a finire, mi sono nascosta in un cortile.»

«Aspettami lì che vengo a prenderti.»

«No, meglio di no. Penso di averla seminata.»

«Ma chi era?»

«Non lo so, forse Marco, il fratello o magari un paio di amici di quel giro.»

«Perché pensi siano loro?»

«Non lo so, è solo una supposizione, chi altri potrebbe seguirmi, un maniaco? Forse sospettano veramente che abbia capito qualcosa.»

«Senti, non sono tranquillo, è meglio che ti raggiunga.»

«Non penso sia il caso; aspetto altri dieci minuti e poi me ne vado. Tranquillo, vado a prendere Teo e poi a casa. Ti chiamo da lì.»

«Okay, ma tieni il cell a portata di mano, e mi raccomando, non fare stupidaggini.»

«Okay, ciao.»

Esco dal cortile, ancora agitata, un quarto d'ora dopo. Mi affaccio sul portico guardando prima a destra e poi a sinistra, sembra tutto a posto; così mi avvio lentamente e alla fine riesco ad arrivare a casa della nonna che sono le tre passate.

«Mi hai fatto preoccupare, come mai così tardi?»

Non mi va di farla agitare inutilmente; così invento una scusa plausibile.

Sono le quattro quando arrivo finalmente a casa. Mamma è in cucina a fare la lavatrice, la saluto di sfuggita e vado dritta in camera da letto. Trovo Martina al computer.

«Ciao Ali, come stai?» mi chiede appoggiandosi alla sedia e girandosi verso di me.

Rispondo vagamente, sono indecisa se raccontarle cosa mi è successo; ma ho bisogno di confidarmi con qualcuno, e non posso chiamare Lavinia. Solo a ripensare alla nostra discussione sento una tale rabbia... mi sento così sola...

«Che faccia, è successo qualcosa?» mi chiede con sguardo indagatore.

Le racconto della macchina, ma lei sminuisce tutto sostenendo che sarà stato qualche compagno di scuola che voleva farmi uno scherzo. Bel modo di divertirsi! Sto per replicare, ma lei cambia subito discorso e chiede novità su Davide. Ma la mia risposta non le piace, noto sulla sua faccia una smorfia; come al solito non condivide la mia scelta oppure, peggio, oggi le gira storto!

«Si è lasciato con la fidanzata?»

«Non lo so, ma non credo.»

«Allora devi lasciarlo perdere» risponde drastica, come è lei d'altronde.

«Tu non capisci, a lui piaccio veramente.»

«E allora lasciasse l'altra. Non si sta comportando bene.»

Ovviamente parla da fidanzata e in parte la capisco; ma tutto sommato a me cosa me ne importa se lui sta con un'altra? Quello è un problema suo. Sì, lo so, mi sto arrampicando sugli specchi; la cosa più giusta da fare sarebbe lasciarlo perdere, ma non ne ho voglia, è questa la realtà.

Sapendo che non può condividere le mie motivazioni, faccio cadere l'argomento. Vado in bagno, chiudo a chiave e chiamo Davide, che risponde al primo squillo.

«Sono io.»

«Stavo aspettando la tua telefonata.»

«Bugiardo.»

«Un pochino... stavo finendo matematica, una noia mortale; domani ho il compito in classe.»

«Non ti invidio.»

«Allora passi da me?»

«Ma i tuoi che diranno?»

«Niente, sono fuori, non tornano prima di mezzanotte. Vanno a teatro con una coppia di amici.»

«Mi inviti a cena?»

«Certo, ma non ti aspettare niente di che, posso scongelare due pizze.»

«Va benissimo, io porto da bere. Coca o birra?»

«Coca.»

«Da te alle otto?»

«Ti aspetto.»

L'ho fatto, sì, l'ho fatto, ho accettato; vado a casa sua. Riaggancio lentamente e mi siedo sul water; sono già agitata solo all'idea di andare lì. Vorrei chiamare Lavinia, uffa che palle; la odio, perché ha voluto litigare? Ora come faccio, a chi chiedo consiglio? Mi alzo e mi guardo allo specchio. Ho ancora le occhiaie e sembro bianca come un lenzuolo. Devo inventare una scusa da dire ai miei per stasera; l'idea migliore è un cinema con Lavinia, tanto lei non chiama sicuramente. Mentre penso, mi spoglio ed entro nella doccia; apro il rubinetto e lascio che il getto d'acqua mi colpisca sulle spalle e sul viso. Chiudo gli occhi e rimango così lasciando che l'acqua spazzi via la tensione accumulata durante l'inseguimento. Alle sette sono già pronta da un bel pezzo; non riesco a stare ferma, sono troppo nervosa; ho messo un completo di biancheria intima che ho comprato un mese fa con Lavi in un negozio qui dietro. Bianco con delle roselline azzurre disegnate e un leggero pizzo. Sopra gonna jeans, maglietta e felpa, quella rosa che mi piace tanto. Sotto calze viola e sneakers. Martina quando mi vede storce il naso.

«Sicura che ti vedi con Lavinia? Ma non avevate litigato?»

«Sì, ma adesso abbiamo fatto pace.»

«Ammettilo, ti vedi con Davide!»

«Sei proprio fissata!»

«A me puoi dirlo, non lo dico alla mamma, giuro» incalza.

Rimango in silenzio, indecisa; poi cedo. «Se lo dici a mamma ti uccido!» dico abbassando la voce.

I suoi occhi si illuminano. «Assolutamente sì, te lo giuro.»

«Okay, Davide mi ha invitato a cena a casa sua, i genitori sono a teatro.»

«E vai da sola lì da lui? Ma Ali, è rischiosissimo. Ci prova sicuro.»

«Esagerata.»

«Promettimi di non fare stupidaggini.»

«Prometto.»

«E se poi alla fine ci vai a letto, almeno fagli mettere il preservativo.»

«Martina, ho sedici anni, smettila di trattarmi come se ne avessi sei.»

«Hai ragione, a volte sembro nostra madre» e ride.

Saluto mamma e papà, che nel frattempo è tornato, ed esco. Per farmi coraggio ho portato anche Teo. Arrivo alle otto meno un quarto; possibile che con lui riesco addirittura a essere in anticipo? Vorrà dire qualcosa, o no? Citofono e mi guardo intorno come se fossi una clandestina.

Salgo le scale e sento un vago odore di muffa; mi fermo sul pianerottolo cercando di calmare i battiti del cuore e il fiatone. Rimango ancora qualche minuto davanti alla porta, poi mi faccio coraggio e suono.

«È aperto» sento dire dall'interno.

Spingo e mi trovo in un piccolo corridoio illuminato.

«Ciao, dove sei?» chiedo facendo qualche passo.

«Vieni avanti e poi gira a destra, sono in cucina.»

Arrivo che sta con la testa nel forno controllando le pizze. Indossa jeans e maglietta e un paio di guantoni per non bruciarsi le mani.

«Spero non ti dispiaccia, ho portato anche Teo» dico, cercando di apparire disinvolta.

«Hai fatto benissimo, lascialo libero; gli prendo qualcosa da mangiare.»

«Non ce n'è bisogno, ha già fatto» rispondo, rimanendo ferma sulla porta, indecisa sul da farsi.

«Okay, allora vai in salone, tra due minuti è pronto» e mi indica la strada.

Gli lascio da bere ed esco. Non riesco a cacciare quel senso di imbarazzo che continua a perseguitarmi. La sala è molto bella, su due piani; appena entri sulla sinistra ci sono due grossi divani, messi a elle. Salendo due gradini, un tavolo di legno rettangolare occupa tutto il piano e sulla destra un arco porta in una libreria studio. Chissà che lavoro fanno i suoi, penso avvicinandomi a tutti quei libri. Ne sfilo uno a caso *Radiopropagazione*, ne prendo un altro *Da zero a infinito*, mai sentiti. A casa mia si leggono solo thriller, la passione di mia madre, e romanzi o saggi storici, la passione di mio padre, che ama anche i grandi condottieri come Giulio Cesare, Napoleone e Gengis Khan.

«Che lavoro fanno i tuoi?» urlo.

«Non sono mica sordo!» risponde dietro di me.

«Scusa, non ti ho sentito entrare.» Comincio bene.

«Mia madre insegna Fisica all'università e mio padre è un giornalista, scrive per un giornale. Perché?»

«Così, ho sfilato qualche libro a caso ed erano tutti molto particolari; forse ho preso quelli di tua madre!» Sorrido ancora affascinata da quella libreria.

«Vieni a sederti, la pizza è in tavola, ma prima un bacio» e mi tira verso di sé.

Il neo sul labbro si avvicina pericolosamente ed è come se mi dicesse: vieni, vieni più vicino, prendimi, sono qui per te! Ma un attimo prima che le sue labbra tocchino le mie, lo fermo con un dito.

«Non ora, ho fame» e sguscio via dal suo abbraccio. In realtà non è vero, mi si è chiuso lo stomaco dall'agitazione. Mi sento come un agnellino nella tana del lupo.

La pizza è fantastica, o forse a me sembra tutto bellissimo e perfetto. Tornando dal bagno, intravedo la sua camera, non resisto ed entro; il caos regna sovrano. Vestiti, scarpe, libri sparpagliati ovunque. Da terra partono pile di DVD; sono affascinata, non ne ho visti mai così tanti tutti insieme. La maggior parte sono vecchi, in bianco e nero e quasi tutti sconosciuti.

«Ci vediamo un film?» Mi chiede dalla soglia.

Sobbalzo, presa alla sprovvista.

«Scusa, non volevo essere invadente. Ma passando ho visto tutti questi film e mi sono incuriosita» rispondo timidamente.

«Tranquilla. Che ne dici?»

«Sì, però sceglilo tu, io non li conosco.»

Davide guarda la sua videoteca, poi ne tira fuori uno e lo infila nel lettore. Mi tolgo le scarpe e mi siedo sul suo letto e appena lo faccio, Davide si mette vicino a me, e Teo si infila tra di noi. C'è un silenzio imbarazzate, per fortuna inizia il film. Lui prende Teo e lo sposta dall'altro lato del letto.

«Scusa, Teo,» gli dice, accarezzandogli la testa «devo dire una cosa alla tua padrona» e mi attira a sé, mettendomi un braccio sulla spalla. Cerco di far finta di nulla, ma mi sento uno stoccafisso.

«Te l'ho già detto che mi piace il tuo odore?»

«Non mi ricordo» rispondo a bassa voce, trattenendo il respiro.

«E che non faccio altro che pensare a te tutto il giorno?»

«Questo sì, ma non ti credo» continuo guardando ostinatamente il film.

«Te lo giuro; la settimana che sei stata male sono impazzito, pensavo di morire.»

«Esagerato.» Cerco di allontanarmi, ma in realtà non mi sposto di un centimetro.

«Guarda che parlo sul serio; non ti hanno detto i tuoi che sono passato?»

Mentre parla la sua mano mi accarezza delicatamente il braccio. Mi irrigidisco, sentendo il cuore perdere un colpo.

«Sì» rispondo a malapena. Non vale, così non riesco a concentrarmi!

Faccio uno sforzo enorme e mi libero dal suo abbraccio.

Lo guardo seria.

«Senti, facciamo un patto; niente bugie tra di noi. Solo la verità, a qualsiasi costo.»

Lui rimane in silenzio.

Non so perché me ne sono uscita così. Sto per giustificarmi, ma lui dice: «Va bene, a qualsiasi costo» e mi attira a sé abbracciandomi forte.

Mi sento sciogliere come un budino; sembrava non aspettassi altro. Ma dove è finita la mia risolutezza? E io che mi credevo una tosta... bah!

«Mi piaci da morire» mi sussurra all'orecchio e il suo respiro mi fa venire la pelle d'oca.

«Hai freddo?»

«Un po'» ma sto mentendo. Lui si alza e prende una coperta. Intanto il film è cominciato, le immagini scorrono veloci, ma le guardo senza realmente vedere niente.

«Mi piacciono i tuoi occhi, la tua bocca, il tuo naso, i tuoi capelli; non capisco più niente quando sorridi, quando ti mordi il labbro.»

Eccolo, è tornato; rimango in silenzio con gli occhi chiusi e mi lascio riscaldare dalla sua voce e dalle sue parole.

Ogni fibra del mio corpo lo desidera da morire. Vorrei non smettesse mai di parlarmi, accarezzarmi, toccarmi. Mi sembra di essere in un sogno, mi sento leggera come un uccello e l'aria che colpisce il viso mi inebria; volo attraversando paesaggi meravigliosi, mi impenno per poi lasciarmi trascinare dal vento; ogni tanto arrivo quasi a toccare la terra, poi con un batter di ali mi rialzo e rimango così ad assaporare il calore del sole, che con i suoi caldi raggi mi riscalda.

Ora sono distesa sul letto e le sue labbra mi baciano dappertutto. Il viso, il collo, le braccia, poi più giù fino ad arrivare alla pancia. Con un movimento improvviso mi alzo, faccio per andare via, provo a resistere, ma lui mi afferra un braccio e mi ributta su di lui.

«Che fai, scappi da me?» e ride.

Mi lascio andare e sento le sue braccia stringere e accarezzarmi la schiena. Bacia il mio cuore tatuato, sussurra il mio nome, e le ultime barriere dentro di me si sgretolano completamente. «Chissà quanti ne hai spezzati» continua in un soffio. Sorrido, cerco di aderire ancora di più a lui e sento tutti i suoi muscoli guizzare. Il cuore gli batte forte come il mio. Mi giro e per un momento lunghissimo ci guardiamo negli occhi, poi lo bacio con passione. Le nostre lingue si cercano disperatamente, sento il respiro farsi affannoso e mi perdo dietro a lui. Davide si allontana quel tanto che gli serve per togliersi la maglietta e io mi riempio gli occhi di lui, mentre la gola si secca. La mia bocca è insaziabile sotto i suoi baci infuocati. Infila le mani sotto la maglietta e sento dei brividi lungo la schiena; cerca di slacciarmi il reggiseno, ma io gli fermo la mano. Lui infila la mano tra le mie gambe e in un attimo mi ritrovo senza calze. Rabbrividisco al contatto delle sue mani sulla pelle; lo abbraccio più forte e le mie gambe si intrecciano alle sue.

«Alicia, mi stai facendo...» dice con voce rauca, ma non gli faccio finire la frase. Gli mordo le labbra e lo attiro di nuovo a me. Il suo bacino mi spinge, si muove e sento quanto mi desidera. Sussurro il suo nome, oh sììì, anche io lo voglio da morire! Lascio che finalmente la sua mano sganci il reggiseno, si insinui sotto e rabbrividisco al contatto della mano sul mio seno. In un secondo si slaccia i pantaloni ed è tra le mie gambe. Trattengo il respiro mentre mi sposta le mutandine, poi gli blocco la mano.

«Senti... penso che dovresti mettere qualcosa, no?» gli sussurro all'orecchio con voce incerta.

Davide cerca di concentrarsi e mi guarda perplesso.

«Cioè... volevo dire... il preservativo, non dovresti metterlo ora?»

Silenzio. Gelo.

«Veramente non li ho» risponde imbarazzato.

Lo spingo di lato.

«Ma non possiamo farlo senza.»

«Ti prego, Alicia...» prova debolmente a protestare.

Vorrei dirgli che non me ne importa niente, che voglio farlo, che sto impazzendo, che voglio... sospiro, chiudo gli occhi e mi lascio andare sul cuscino. «Mi dispiace... ma non me la sento di farlo senza» e abbasso la gonna sospirando ancora.

Lui si lascia andare sul letto vicino a me. «Cazzo, sono proprio un coglione» dice, poi con uno scatto si alza dal letto.

«Scusa, vado un attimo in bagno» e si allontana.

Chiudo di nuovo gli occhi e sorrido, l'ho già perdonato. Sento ancora le sue labbra sulle mie, il suo odore così avvolgente. A malincuore li riapro, aggancio il reggiseno, rimetto le calze e mi siedo con le gambe raccolte sul letto.

Davide riappare cinque minuti dopo con i capelli bagnati.

«Ti sei fatto la doccia?»

«No, ho dovuto solo raffreddare i bollenti spiriti!» dice sorridendo.

Si siede sul letto di fronte a me e prende la mia mano.

«Scusa, sono stato uno stupido, non ci ho proprio pensato. Ero talmente elettrizzato dal fatto di vederti che mi è passato di mente.»

Gli sorrido e lo bacio sulle labbra. Da un lato sono dispiaciuta perché lo desidero da morire, ma dall'altro vuol dire che non voleva solo portarmi a letto. Cara nonna, forse hai sempre più ragione.

Guardo l'orologio, le dieci e mezza.

«Devo andare, è tardi, se arrivo dopo le undici i miei si preoccupano. Gli ho detto che andavo al cinema con Lavinia.»

«Ti accompagno.»

«Non serve.»

«Sì, lo so, ma ho voglia di stare ancora un po' con te.» E mi accarezza il viso.

Usciamo che c'è una nebbia pazzesca e il freddo ci fa rabbrividire. Mente scendiamo le scale mi ricordo di non aver preso Teo. Davide risale e lo trova infilato sotto al letto che russa pacioso; non si era per niente accorto della nostra assenza, ma che razza di cane mi sono fatta?, penso affettuosamente.

Camminiamo fianco a fianco, mentre spingo la bici. Nessuno dei due ha voglia di parlare; non vogliamo interrompere questo momento magico. Arrivata sotto casa, lego la bici e lascio Teo libero.

«Sono stato benissimo questa sera, Alicia. Lo so che la situazione tra noi non è facile, ma voglio che tu sappia che io tengo molto a te; ma... non so che fare, sono molto confuso. Giulia la conosco da quando ho tredici anni, anche se stiamo insieme solo dall'anno scorso. Fino a che non ti ho conosciuto, ero la persona più felice del mondo; ma adesso è tutto cambiato. Ti desidero come non ho mai desiderato nessun'altra ragazza; quando non ci sei, sento la tua mancanza. Non mi guardare in quel modo. Prima mi hai chiesto di essere sincero, no? Ecco, la verità è che mi piaci veramente e non voglio farti soffrire» dice tutto d'un fiato.

Mi alzo in punta di piedi e l'abbraccio.

«Anche tu mi piaci molto.»

«Quanto?»

Lo bacio. «Tantissimo.»

Mi stringe forte.

«Anche tu.»

Salgo le scale con il sorriso stampato sulla faccia, anche se non dovrei; non mi ha mica detto che lascia Giulia, giusto?

10

...Ed invece la corsa della vita
per me si è già fermata negli occhi tuoi...

Non ho chiuso occhio tutta la notte, ho sognato Davide in tutti i modi. Suona la sveglia e mi sento uno zombie. Allungo una mano e accendo il cell, per vedere se c'è qualche messaggino, come direbbe Lavinia; quanto vorrei alzare il telefono e raccontarle tutto quello che mi sta succedendo con Davide. Mi ributto sotto le coperte, al calduccio, e Teo da sotto il letto abbaia contrariato.

«Arrivo, lasciami dormire altri due minuti» gli rispondo.

Entra mia madre in camera.

«Cosa fai ancora a letto? Sono le sette e quaranta, farai tardi a scuola.» Sempre la solita storia, ma perché questa pizza della scuola la mattina, non ci si potrebbe andare di pomeriggio?

«Se non ti alzi tra un minuto, ti butto giù dal letto» continua imperterrita.

«Ecco, arrivo» rispondo e con uno sforzo pazzesco tiro fuori le gambe dal letto e le poggio a terra.

«Che film siete andate a vedere ieri sera?»

«Quale film?» dico e troppo tardi capisco l'errore.

«Non sei andata al cinema con Lavinia ieri sera?» e mi guarda già sul sentiero di guerra.

Balbetto qualcosa di incoerente.

«Sì, sì, siamo andate al Capitol, ma adesso sono troppo assonnata per riuscire a connettere» e senza darle il tempo di replicare mi chiudo in bagno. Chissà se l'ha bevuta...

All'uscita di scuola trovo Davide ad aspettarmi, e appena lo vedo il mio cuore perde un colpo. Sorrido, lo raggiungo dall'altro lato della strada, gli butto le braccia al collo e lo bacio. Lui si guarda intorno imbarazzato e io, come bruciata, mi ritraggo.

«Che sorpresa, come mai qui?»

«Ho pensato di venire a vedere da vicino Marco, devo seguirlo, giusto?»

«Giusto» dico, ma la mia testa sta da un'altra parte. Che succede, come può essere così freddo e distaccato? Ieri mi ha detto delle cose bellissime, ed era così affettuoso. Me le sono sognate o forse ho fatto qualcosa di sbagliato?

«Ma come pensi di fare?» chiedo fingendomi calma.

«Prendo il motorino di mia madre, a lei non serve per qualche giorno, parte domani per un convegno a Londra.»

Ha paura che qualcuno lo veda con me, ecco il punto! Mi sale un groppo in gola, ma lo rimando indietro. Non posso piangere, non ora e non davanti a lui e a tutta la scuola!

«Oggi non serve, esco io con lui.» Continuo come

un automa, ma mi sembra di fare un discorso ridicolo, privo di senso.

«E dove andate?»

«Al cinema. Se vuoi, puoi seguire Simone, il fratello.»

«E come lo riconosco?» mi chiede senza guardarmi negli occhi.

Ma che mi importa di come lo riconosce? Vorrei urlare, prenderlo a schiaffi. Dio, perché sono stata tanto ingenua? E per fortuna gli ho anche chiesto di essere sinceri; sono proprio una stupida. Per fortuna che non ci sono andata a letto.

Arrivo sotto casa di mia nonna, lo saluto bruscamente, ma lui mi trattiene.

«Non mi dai neanche un bacio?»

Rimango interdetta; sono pazza io o è matto lui.

«Perché, adesso si può?» rispondo acida.

Mi guarda interdetto.

«Fai finta di non capire? Non sono mica una stupida» gli urlo contro.

Continua a guardarmi stupito.

«Ti odio e non ti voglio più vedere» continuo.

«Ma cosa ho fatto?»

«Come puoi essere tanto insensibile? Come puoi non renderti conto di quello che hai fatto? Per tutto il tempo che siamo stati davanti alla scuola, ti sei sempre guardato intorno. Avevi paura che qualcuno ti vedesse con me? Sembravi quasi infastidito della mia presenza. Se è così, perché mi hai detto tutte quelle cose ieri? Perché?»

Lui balbetta qualcosa; poi si zittisce e abbassa lo sguardo.

«Scusa, non l'ho fatto apposta; non è come pensi. Cioè, in parte è vero, quando sono con te mi sento in colpa. Ma tutto quello che ho detto ieri è vero, te lo giuro.»

Qualcosa mi dice che dovrei fuggire via a gambe levate, mettendo più distanza possibile tra me e lui; ma non lo faccio. Ho bisogno di credergli, in questo momento non potrei stare senza di lui e questa consapevolezza è come una doccia gelata. Chiudo gli occhi, ricacciando ancora una volta le lacrime indietro.

«Okay, ti credo. Adesso però scusa, devo andare; è tardi, ciao» rispondo laconica e mi infilo nel portone della nonna.

Entro e salgo le scale; poi mi siedo sui gradini e lascio che le lacrime finalmente escano fuori e portino via tutta la tristezza che mi avvolge.

La nonna mi trova così dieci minuti dopo.

«Piccola mia, che cosa è successo? Da quanto sei qui? Ecco perché Teo è stato fermo davanti la porta chiusa per così tanto tempo. E io che pensavo volesse uscire.»

Si siede con me sulle scale e mi lascia sfogare. Le racconto tutto, tralasciando solo qualche particolare poco significativo!!! Lei rimane in silenzio, stringendomi affettuosamente e accarezzandomi la testa. Poi ci tiriamo su ed entriamo tutti e tre dentro casa.

«Chi dà e chi tòl, ai vén la béssa al còl» dice in dialetto. Ma cosa avrà detto? Annuisco, ma non ho capito un bel niente! A volte la nonna è un mistero...

«Adesso calmati, non ci pensare; mangiati un po' di bollito che ho preparato questa mattina e poi vedrai tutto con più chiarezza» continua.

In effetti, appena dentro, quel fantastico profumino mi ha fatto sentire subito meglio. Ho divorato due piatti di carne in un baleno, ripulendo anche il piatto e alla fine ho deciso di rimanere lì con lei fino all'appuntamento con Marco; così ho chiamato a casa per avvertire che sarei tornata direttamente per l'ora di cena.

Marco è in ritardo; dovevamo vederci alle quattro al cinema, ma sono le quattro e trenta e di lui nessuna traccia. Arriva dieci minuti dopo di corsa.

«Scusami, ho avuto un contrattempo. Spero tu non abbia aspettato molto.»

Solo quaranta minuti, vorrei rispondere acida. Ma la missione prima di tutto.

«No, anch'io ho fatto tardi, sono appena arrivata» gli rispondo mentendo spudoratamente. «Ho paura che siamo in ritardo per il cinema.»

«Penso di sì... Anzi, dato che non facciamo più in tempo per questo spettacolo, ti dispiace se passiamo un secondo da me che voglio lasciare lo zaino? Mi pesa da morire.»

In effetti sembra stracolmo. Chissà che cosa c'è dentro; forse altra merce rubata; magari anche il mio ciondolo. Non ho molta voglia di andare a casa sua, capisco però che può risultare utile, magari la refurtiva la tiene da lui.

«Non c'è problema, andiamo.»

Mi racconta come va a scuola e di un corso di musica che sta seguendo; scopro che ha una grande passione per la chitarra elettrica. Si lascia trasportare talmente tanto dall'argomento che parla per venti minuti di fila di generi musicali, chitarristi famosi, concerti che ha visto. Rimango piacevolmente sorpresa dalla passione e dall'emozione che trapela. Arriviamo a casa che neanche me ne accorgo e per un momento mi dimentico anche perché sono lì. Saliamo e, appena entra in casa, Marco mi presenta sua madre, una signora magra ma con degli occhi vispi che mi squadra da capo a piedi e comincia a farmi una marea di domande personali; lui la blocca subito e lo seguo in camera. Piccola, con un letto singolo messo in un angolo, piena di riviste e CD musicali. Appesa al muro una foto di Jimi Hendrix e dall'altra parte una di un concerto di Pat Metheny. Vicino alla finestra c'è una scrivania con un computer; per essere un ragazzo sembra abbastanza ordinato; in un angolo del letto c'è un grande cesto di plastica blu da cui fuoriescono vestiti e oggetti vari; ecco come mette in ordine, penso sorridendo.

Marco si toglie lo zaino, lo poggia sul letto, tira fuori un paio di libri, poi lo richiude e lo infila sotto.

«Lo nascondo, perché mia madre ha il vizio di spostarmi le cose» dice a mo' di scusa.

«Anche la mia fa lo stesso» gli rispondo per rassicurarlo. «Perché non mi suoni qualcosa?» chiedo di getto.

Lui mi guarda e vedo i suoi occhi brillare.

«Veramente vorresti ascoltare qualcosa? Non vorrei annoiarti.»

«Perché? Mi piace scoprire nuovi generi musicali. Vai, suona quello che vuoi.»

«Okay» e senza aggiungere altro chiude la porta, prende la chitarra appoggiata lì dietro e si siede sul letto mettendo degli spartiti davanti a lui.

«Promettimi di non ridere.» Adesso sembra imbarazzato.

«Non ci penso proprio. Fai come se non ci fossi» e mi siedo sulla scrivania.

Lo vedo concentrarsi, poi appoggiare le mani sulla chitarra, e in un attimo nella stanza si diffonde una musica profonda; forte e intensa. Chiudo gli occhi e mi lascio prendere e portare via da queste note. Sono in una terra lontana e sto cavalcando in una prateria su un bellissimo cavallo chiaro. Corro veloce come il vento; i miei capelli e la sua criniera bionda si muovono insieme e un senso di libertà si diffonde dentro di me come per magia. Mi sembra quasi di sentire l'odore del vento e della terra che gli zoccoli del cavallo alzano al nostro passaggio. Respiro profondamente e riapro gli occhi.

«Marco, sei bravissimo; non pensavo, dio che emozione. Non credevo la chitarra da sola potesse fare questo effetto. Sembrava la colonna sonora di qualche film» gli dico non appena smette di suonare.

Lui ride con modestia ma i suoi occhi tradiscono la felicità; chissà se Lavinia conosce questa sua passione. Questo pensiero mi riporta bruscamente alla realtà, non devo lasciarmi influenzare, è necessario mantenere un maggior distacco. Scendo dal tavolo e gli chiedo se posso andare in bagno.

Torno, e lui non è nella sua camera, ma lo sento parlare con la madre in cucina.

Un'occasione così non mi ricapiterà mai più, penso; così poggio lo zaino a terra, tiro il suo da sotto il letto e con mani tremanti lo apro. Dentro ci sono tre cell, un orologio, due accendini, una collanina d'argento e tre anelli; cerco ancora, magari trovo anche la mia collana o la scatola di legno di Lavi, ma niente. Con la stessa velocità con cui l'ho aperto lo richiudo, ma mentre sto per rialzarmi sento un movimento sul corridoio. Mi giro e trovo appoggiato allo stipite della porta Simone, il fratello di Marco. Da quanto tempo è lì?

«Allora l'altra volta non mi ero sbagliato, avevo visto bene, ci stavi spiando.»

Sento il sangue defluire completamente.

Guardo intorno cercando di farmi venire qualche idea.

«Non è come pensi.»

«A no? E allora cosa ci fai in camera di mio fratello, a guardare sotto il letto? Ti sei forse persa qualcosa?»

«Ecco... sì» balbetto e proprio in quel momento mi accorgo che Teo non è più nello zaino.

«Mi sono persa il cane» continuo bianca come un lenzuolo. Anche stavolta mi salva il colore della mia pelle.

«Non ti credo, già una volta hai provato a fare la furba» mi dice avvicinandosi. «Cosa vuoi? Perché non ti fai gli affari tuoi? Che vai cercando, guai?» Le sue mani sono strette a pugno chiuso lungo il corpo.

Indietreggio preoccupata.

«Ti stai sbagliando.»

Mi afferra un braccio e lo stringe forte.

«Ahia... Simone, lasciami, mi fai male.»

«Ti avverto, fatti gli affari tuoi o sarà peggio per te» mi urla in faccia.

Sentendo delle voci, appare Marco sulla porta.

«Che succede? Simone, cosa stai facendo, sei impazzito?»

«Chiedi alla tua amica cosa ci faceva in camera a frugare tra le tue cose» risponde continuando a tenermi il braccio.

«Non è vero, Marco, non gli credere, stavo solo cercando Teo, il mio cane» dico guardandolo con occhi imploranti.

Marco non sa che fare; guarda prima me poi il fratello.

«Ti giuro» continuo io.

In quel momento entra la madre con Teo in braccio.
«Di chi è questo tesoro?»
L'avrei voluto baciare, urlare dalla gioia, Teo mio salvatore! Invece ho guardato ancora Marco, e lui si è avvicinato a noi.
«Lasciala, Simone, non vedi che ha detto la verità?»
Lui mi guarda con aria sprezzante e poi lascia il braccio.
«Stai scherzando con il fuoco, Alicia, stai attenta, ti potresti fare molto male» aggiunge ed esce dalla stanza senza degnare il fratello di uno sguardo.
Usciamo che sono ancora sconvolta e mi tremano le gambe. Camminiamo in silenzio fianco a fianco e arriviamo al Parco della Montagnola e ci sediamo per terra.
«Mi dispiace, Alicia, non so cosa gli ha preso a mio fratello.»
Rimango in silenzio, e senza rispondere libero Teo.
«È la prima volta che si comporta così» insiste.
Mi appoggio sui gomiti e guardo fisso davanti a me. Devo trovare il coraggio, devo dirglielo...
«Smettila di mentire, Marco, ho aperto il tuo zaino. Adesso so che sei stato tu a rubare la mia collanina con il ciondolo a forma di cuore» gli dico in un soffio. Wow, ce l'ho fatta!
Lui si alza come se si fosse scottato.
«Ma che dici, sei pazza. Come osi accusarmi di essere un ladro? Allora aveva ragione Simone, stavi guardando tra le mie cose.»
Mi alzo anch'io e ormai, passatomi lo spavento, sento salire una rabbia enorme. Ora sono io che stringo i pugni.
«Marco, basta dire bugie. All'inizio non volevo crederci, mi sembravi così carino, simpatico; ma quan-

do il ciondolo è scomparso per la seconda volta, ho cominciato a pensare che c'era qualcosa che non andava. E tu proprio quel giorno stavi parlando con me, e per tutto il tempo hai continuato a fissarlo. Hai rubato anche la scatola di Lavinia, non è vero? Come hai potuto? Perché lo fai? A che ti servono i soldi?»

Marco si gira verso di me, ma non risponde; i suoi occhi sono diventati due fessure.

«Rivoglio il mio ciondolo, altrimenti sarò costretta a...» urlo, ma Marco non mi fa finire la frase.

«Sei una pazza bugiarda. Costretta a fare cosa?»

«Che fai, vuoi minacciarmi come tuo fratello?»

«Smettila, non è come pensi. Ti stai sbagliando.»

«No, smettila tu; riportami la collanina» e senza aspettare risposta afferro Teo e me ne vado di corsa.

Arrivo alla bici trafelata, ci salgo svelta e fuggo via come un fulmine. Sono ancora sconvolta e mi chiedo come ho trovato il coraggio di dirgli tutto. Mi giro a guardare dietro, ma per fortuna Marco non mi ha rincorso.

«Cosa ho fatto?» urlo al vento.

Teo rimane immobile, forse sente il mio nervosismo.

Mi prende una paura del diavolo, e arrivata a casa mi chiudo in bagno. La mia immagine allo specchio riflette un viso bianco con due occhi spalancati e delle occhiaie pazzesche. Mi siedo sul water, poi mi alzo e apro la finestra. Forse ho fatto una fesseria, adesso mi verranno a cercare e mi faranno secca! Sì, brava, scherza pure che è meglio. Davide, devo chiamare Davide e avvertirlo di quello che è successo.

«Ciao, sono io. Non ci crederai, ma ho scoperto tutto, avevo ragione» esordisco ancora sconvolta, parlando a voce bassa per paura che sentano i miei.

«Cosa hai scoperto?»

Gli racconto l'accaduto tutto in un fiato, ma lui non sembra convinto.

«Hai solo visto la refurtiva, ma non hai le prove.»

«Ma come, una persona cosa tiene a fare tutti quegli oggetti dentro lo zaino? Si capisce che non sono per lui.»

«Alicia, senza prove non possiamo fare molto; in più Marco ha sempre negato.»

«Non mi credi!»

«Non ho detto questo. Adesso calmati, vedrai che un sistema lo troviamo. Nei prossimi giorni io seguo Marco e il fratello e vediamo se siamo fortunati.»

«E io cosa faccio?»

«Niente, non devi assolutamente fare niente. Hai già fatto troppo.»

«In che senso?»

«Forse non dovevi minacciarlo in quel modo. Sei stata avventata.»

Mi innervosisco. «Invece tu, sei sempre così calmo e razionale; quando ho visto tutte quelle cose dentro lo zaino ho capito solo che avevo ragione, che non mi ero sbagliata, come pensavate tutti, te compreso. Ammettilo, su ammettilo non è così?»

«Be', un pochino l'ho pensato anch'io. Sembrava avessi le manie di persecuzione; la tua teoria appariva un po' campata per aria. Adesso invece ha senso, nessuno ti vuole togliere il merito. Ma ora diventa tutto più difficile, per questo devi stare calma.»

Riattacco che non mi sento per niente rilassata. Ripenso alla faccia e alle minacce di Simone e mi vengono i brividi. Sì, forse non dovevo minacciare in quel modo Marco, ma ormai è andata. Vorrei chiamare Lavinia e spiegarle tutto; deve sapere, specialmente adesso che comincia a vedersi con lui. Guardo il cell, compongo il suo numero, poi mi fermo e lo cancello. No, non posso; mi ha detto delle cose orribili. Mi siedo per terra e mi metto le mani tra i capelli. Non so per quanto tempo rimango così, mezz'ora, un'ora? Alla fine esco che sono completamente spossata. Entro in camera e accendo il computer; su msn ci sono al solito Endy e Luca. Certo, da quella volta che ci siamo visti mi sembra passato un secolo. Un bell'incontro e poi non ci siamo più rivisti. Che strano, a volte si fanno delle cose senza senso. Fisso il monitor senza guardarlo, poi capisco che non ho voglia di parlare con nessuno, così lo spengo di nuovo e vado in cucina. Stasera sento il bisogno di stare con i miei: passo il resto della serata tranquilla, per modo di dire, a casa.

11

...Io ti amo, io ti amo,
più della vita, lo sai...

Sono passati due giorni dalla litigata con Marco e sembra non sia successo niente, a parte il fatto che ci evitiamo; lui addirittura quando mi vede gira la testa dall'altra parte. Davide nel frattempo ha cominciato a seguire entrambi senza grandi risultati. Solo indizi, ma nessuna prova certa, come dice lui. Ha scoperto solo che si vede spesso con Simone e dei suoi amici, e che vanno in una casa vicino a via delle Belle Arti. Quel posto, sostiene, deve essere un luogo di appuntamento, perché c'è sempre un viavai pazzesco.

Nel frattempo mi sento irrequieta, senza poter fare nulla. Alla fine del terzo giorno esco di casa e il cuore mi si gela; dall'altro lato della strada rivedo la macchina nera sportiva che mi aveva seguito tempo fa, uscendo da scuola. Mi guardo intorno, ma non vedo nessuno; forse è di un vicino e non me ne sono mai accorta. Non so che fare: sarei tentata di rientrare a casa, ma poi penso che forse sto esagerando, così caccio via la sgradevole sensazione e vado verso la bici. Nooo, ho la gomma a terra, che pizza. Mi avvicino per guardare meglio e capisco che è stata squarciata... ma allora vuole dire che tutto questo non è casuale! Alzo la testa furiosa; brutti bastardi che non siete altro!, penso in un impeto di collera, e adesso cosa faccio? Mi guardo intorno ma la macchina nera non c'è più. Sto diventando pazza, lo sento. Calma, devo rimanere calma. Sarà stato qualche scherzo stupido di mio fratello Michele; già, mio fratello, mi sembra una vita che non lo vedo. Da quando è cominciata questa storia ho perso di vista un po' tutti. Guardo il cell, sono le quattro; forse se mi sbrigo posso arrivare dal gommista, quello che conosce mio padre, per ripararla subito. E così dopo un'ora sono di nuovo sulla mia bici.

«Allora, Teo, pensi che facciamo in tempo a passare in biblioteca?»

Lui sembra apprezzare la mia proposta; così vado verso la Sala Borsa. Adesso sto meglio, mi è passata anche l'ansia che mi angoscia da giorni. Il vento mi batte sul viso e scompiglia i capelli. Arrivata, entro, nascondo Teo e vado al reparto letteratura inglese. La biblioteca è un posto sinistro, con quei libri che spesso sanno di antico, eppure è così affascinante; chissà quante persone avranno sfogliato o letto tutti quei libri. Mi guardo intorno, non c'è nessuno, così lascio Teo a gironzolare vicino a me. Un rumore di passi mi fa girare, ma non vedo nessuno; mi rimetto alla ricerca dei libri che mi servono. Quando rialzo gli occhi dallo scaffale, Teo non è più vicino a me. Sembra di sentirlo abbaiare in fondo alla sala; uffa, Teo, dove diavolo sei andato? Se ti scoprono mi fanno a fette, penso, seguendo i guaiti, ma non lo vedo. Lo chiamo a bassa voce e lo sento mugugnare da dietro una porta socchiusa, così mi infilo e l'oscurità mi avvolge per qualche istante; filtra una leggera luce dalla porta, per fortuna.

«Teo, vuoi venire fuori? Non puoi andare in giro da solo come se fossi a casa tua.» Lui finalmente trotterella verso di me e si appoggia alle mie gambe; lo prendo in braccio, mi giro verso la porta che proprio in quel momento si chiude. Ma cosa diavolo? Non vedo niente e i miei occhi impiegano qualche secondo ad abituarsi al buio. Gli altri sensi si allertano, mi sembra di percepire qualcosa di strano. Trattengo il respiro.

«C'è qualcuno?» chiedo tremando come una foglia.

Nessun rumore.

Forse stanno per chiudere la biblioteca e non si sono accorti che sono chiusa qui dentro, penso per tranquillizzarmi. Corro verso la porta, afferro la maniglia ma due grosse mani mi afferrano le gambe facendomi perdere l'equilibrio.

«Aiu...»

«È inutile che urli, qui non ti sente nessuno» mi sussurra una voce tappandomi la bocca.

Teo ringhia e abbaia.

L'uomo ridacchia. «Ti sei scelta un bel cane da difesa» e ride ancora. Puzza di sudore e fumo.

«Ti prego, non farmi del male» dico con un filo di voce.

«Potevi pensarci prima!»

«Chi sei, che vuoi da me?»

«Lascia perdere chi sono. Stai dando fastidio ad alcuni miei amici e questa cosa non va per niente bene.

Mi dispiacerebbe proprio far male a questo bel corpicino» continua con voce viscida.

Comincio a scalciare furiosamente e le sue mani forti mi bloccano le gambe. Muovo le mie braccia alla ricerca di qualche appiglio, ma sembrano agitarsi nel vuoto.

«Che mi vuoi fare? C'è una persona che mi sta aspettando fuori, se non esco tra dieci minuti verrà a cercarmi».

«Bugiarda! So che sei sola, ti ho seguito, e poi non mi servono dieci minuti, mi basta meno, molto meno» e mi prende il collo con una mano.

Mi dimeno disperatamente, mentre Teo, accorso in mio aiuto, addenta la mano dell'uomo che, allentando la presa, lo lancia con rabbia contro il muro; lo sento guaire. Scusandomi mentalmente con Teo, approfitto del momento per strisciare lontano da lui, mi appoggio a un tavolo, sto per rimettermi in piedi quando mi sento riafferrare per la vita.

«Dove credi di andare, bocconcino?»

Provo a resistere aggrappandomi al tavolo, ma le mani scivolano via; sto per cedere quando sbatto su qualcosa, tocco meglio e sento una pianta; con le ultime forze rimaste afferro il piccolo vaso e lo lancio sulla testa del mio aggressore che urla e cade all'indietro.

«Brutta puttanella che non sei altro!»

Non aspetto che finisca la frase, afferro al volo Teo, che nel frattempo si è riavvicinato a me, esco dalla porta e mi lancio giù per le scale alla velocità della luce, e urlando mi butto tra le braccia della segretaria.

Scoppio a piangere e per dieci minuti non riesco a dire niente.

«Cosa è successo? Calmati, vieni a sedere qui e dimmi cosa ti ha spaventato.»

Non hanno trovato nessun uomo ferito né vasi rotti, e quando alla fine mi accompagnano all'uscita so con certezza che non mi credono, pensano mi sia suggestionata; ma la verità è una sola, Simone e Marco mi hanno voluto mandare un messaggio forte e chiaro.

«Devi lasciare perdere tutto, Alicia; sta diventando troppo pericoloso» dico alla mia immagine riflessa. Faccio una smorfia; meglio avvertire Davide prima che anche lui si metta in qualche guaio. Accendo il cell e beep, messaggio... beep, altro messaggio... beep, un terzo. Guardo ancora assonnata il display, tre sms di Davide; mi ha letto nel pensiero.

Primo sms 'Supernotizia' ore 7,00. Ma a che ora si alza la mattina?

Secondo sms 'Ti prego, è superimportante' ore 7,05.

Terzo sms 'Ma che fai, ancora dormi? Possibile che non sei curiosa?' ore 7,09. Ma come fa ad avere tutta questa energia a quest'ora del mattino?

Mi butto sotto la doccia e sento il cell suonare, ma non faccio in tempo a rispondere. Esco e squilla di nuovo.

«Si?» rispondo dopo essermi schiarita la voce.

«Alicia, non mi dire che dormivi?» È Davide.

«Ma no, figurati, sono in piedi da un bel pezzo» rispondo serafica. «Insomma, questa meganotizia?» continuo cambiando discorso.

«Devi farmi i complimenti, dài, fammeli.»

«Ma per cosa?»

«Ce l'ho fatta, abbiamo le prove!» urla euforico.

«Noo, non ci posso credere. Dio, che bella notizia.

Vai, racconta» rispondo risvegliandomi completamente dal torpore.

Il giorno prima, proprio mentre io ero in biblioteca, ha seguito Marco, il quale dopo vari giri si è fermato ai giardini di Villa Cassarini. È rimasto lì una buona mezz'ora, apparentemente senza fare niente, poi finalmente sono arrivati due amici di Simone. Dopo i saluti, Marco gli ha consegnato un sacchetto, che loro hanno aperto, tirando fuori un groviglio di collanine, braccialetti, cellulari e altre cose. Con aria soddisfatta i due si sono messi in tasca il malloppo e allungato a Marco dei soldi, non ha visto bene quanti, ma sembravano pezzi da cento.

«Davide, sei grande! Non sai come questa notizia mi renda felice. Mi viene quasi da piangere. E pensare che proprio mentre tu pedinavi Marco io mi sono presa una paura pazzesca» e gli racconto della biblioteca.

«Dio, Alicia. È terribile, ti sarai spaventata a morte. A questo punto non ci sono dubbi; sono stati loro. Avranno chiesto a qualche amico di metterti paura» aggiunge.

«E ci sono riusciti benissimo, tanto che volevo lasciare perdere tutto. Ma adesso... dopo questa notizia non si può mollare, proprio ora che li abbiamo nel sacco.»

«Sicuro. Ora Marco non potrà più negare l'evidenza e se veramente non vuole che lo denunciamo deve ridarti il ciondolo.»

Sono talmente elettrizzata dalla bella notizia che mi metto a saltare euforica.

Sì, sì, sì, ce l'ho fatta, riavrò la mia collanina, penso, non stando più nella pelle dalla gioia.

«Davide, sei un tesoro, sono così contenta che vorrei tu fossi qui con me per poterti abbracciare e baciare.»

Lui ride felice, e per la prima volta sento che ha abbandonato la solita calma.

Finalmente il sole torna a risplendere, e anche il mio buonumore!

Sono dalla nonna alle otto e dieci, felice come una pasqua; la saluto veloce e arrivo a scuola dopo dieci minuti, giusto in tempo per sentire la campanella suonare. A ricreazione provo a fermare Marco senza successo, continua a evitarmi, e poi è sempre con Lavinia. A vederli a distanza sembrano una coppia buffa, lei lo sovrasta di almeno cinque dita; ma sono affiatati, si vede da come lui la cerca, le accarezza la mano. Sospiro, e il cuore mi si stringe, come vorrei non fosse vero quello che è appena successo. Forse un messaggio dovrei mandarlo a lei, anche solo per dirle quello che ho scoperto; ma conoscendola non mi crederebbe. E peggiorerei la situazione ancora di più! Sentendosi osservata, Lavinia si gira verso di me e ci guardiamo per un lungo momento senza che nessuna delle due dica o faccia qualcosa. Poi lei si gira di nuovo verso Marco e gli sorride. Chissà se potremo mai tornare a essere amiche.

Arrivo a casa che sono già le quattro, oggi la nonna era in vena di chiacchiere e io non avevo tanta voglia di andare via. Mentre salgo le scale di casa penso che è inutile che ci giro intorno, devo prendere il coraggio a due mani e chiamare Marco.

Entro in camera e incrocio Martina che esce.

«Ma quella non è la mia gonna jeans?»

Lei prova debolmente a negare.

«No, guarda, è la mia gonna; è inutile che fingi di non saperlo.»

«Be'... in effetti volevo mettere qualcosa di diverso dal solito e così ho preso la tua.»

«Come diavolo ti è venuto in mente? E senza chiedere il permesso!»

«Ma non c'eri. E poi non pensavo che ti desse così tanto fastidio.»

«E invece sì; toglila subito, non voglio che la metti» rispondo in modo esagerato.

In un attimo cominciamo a urlare tutte e due, accusandoci a vicenda.

«Mammaaa!» continuo io senza tregua «Martina mi ha rubato la gonna.»

Nostra madre si affaccia alla porta.

«Ma insomma, che cosa è questo baccano? Sembrate due bambine, smettetela subito. E tu, Martina, togli quella dannata gonna e facciamola finita» taglia corto.

Mia sorella, con occhi di fuoco torna indietro, se la sfila, me la lancia addosso, apre l'armadio e indossa la prima cosa che trova. Dopo un minuto è già fuori casa.

Chiudo la porta della camera e mi lascio cadere pesantemente sul letto.

Finalmente sola, penso. Mi assale un vago senso di colpa nei confronti di mia sorella, ma lo caccio via. Non so perché, ma a volte la odio e altre volte le voglio un bene dell'anima.

Mi decido a chiamare Marco, che risponde dopo innumerevoli squilli. Ho le mani sudate e continuo per tutta l'attesa a convincermi che sto facendo la cosa giusta.

«Sì?»

«Marco, sono Alicia.»

Silenzio.

Deglutisco, poi tutto d'un fiato comincio: «Ti hanno visto l'altro giorno ai giardini di Villa Cassarini mentre rivendevi la merce rubata. Ti sei incontrato con due amici di tuo fratello, uno aveva un cappellino rosso e un giubbotto nero. Avete fatto uno scambio, gli hai dato la merce e loro ti hanno pagato, dopo averla controllata.»

Silenzio ancora.

«Marco, hai sentito cosa ho detto? Ormai non puoi più negare. Rivoglio il mio ciondolo altrimenti vado alla polizia a denunciarti.»

Sento dei rumori soffocati.

«Marco?»

«Sì, sì, ho capito. Dammi dieci minuti e ti faccio sapere dove e quando incontrarci» risponde conciso.

Attacco che mi tremano ancora le mani. L'ho fatto, ormai il dado è tratto. Mando un sms a Davide «Tutto come nei piani. Aspetto risposta. Incrociamo le dita; baci Ali.»

«Perfetto, fammi sapere. Mi manchi D.»

Sorrido e chiudo gli occhi. Mi risveglio di soprassalto sentendo lo squillo del cell.

«Pronto.»

«Alicia, Marco.»

«Sì...»

«Vediamoci domani pomeriggio alle cinque tra via Zanardi e via Cipriani e mi raccomando, non fare scherzi, non ci deve essere la polizia, altrimenti addio collanina!»

«No, certo. A domani» e chiudo la telefonata.

Non ci posso credere, ha accettato veramente. Dio, mi sembra tutto un sogno, o forse è una follia?

Davide vuole accompagnarmi a ogni costo; non ci pensa proprio a mandarmi da sola all'appuntamento con Marco. Vuole essere presente nel caso in cui dovesse succedere qualche imprevisto.

«Ma ormai cosa vuoi che accada?»

«Ti vorrei ricordare l'episodio della biblioteca. Quella è gente pericolosa, meglio essere previdenti.»

«Se è per questo allora dovremmo andare dritti al commissariato.»

«Sì, e addio ciondolo.»

«È proprio quello che mi ha detto Marco.»

«Vedi. Facciamo così, prendo il motorino e ti passo a prendere alle quattro e mezza e nel frattempo, se ci riesci, rimani a casa.»

«Okay, va bene, a domani. Baci.»

Arriviamo al parco con dieci minuti di anticipo. Davide lega il motorino a un palo insieme ai caschi, e aspettiamo. Ci guardiamo intorno ogni secondo, ma non vediamo niente di strano. Poi alle cinque precise, una macchina nera sportiva gira sgommando e si ferma proprio accanto a noi. Mi si gela il sangue, è sempre la stessa, è quella che mi sta seguendo da giorni!

Scendono in quattro, Simone e altri tre ragazzi. Allora era lui che mi seguiva.

«Alicia, ci rivediamo» esordisce Simone avvicinandosi a noi. «E lui chi è, la tua guardia del corpo?» continua squadrando Davide all'alto in basso. Gli altri tre si mettono dietro di noi. Rabbrividisco e inconsapevolmente mi stringo di più a Davide.

«A quanto pare non mi hai voluto dare ascolto. Ho provato a fartelo capire in tutti i modi, ma tu sei veramente una ragazza testarda... è per questo che mi piaci» dice avvicinandosi e prendendomi il mento tra le mani.

«Non mi toccare!» urlo istintivamente e faccio un passo indietro andando a sbattere contro uno dei suoi amici che rimane immobile.

«Come ti permetti di toccare la mia ragazza?»

«Ragazzi, qui abbiamo un eroe. Non ti conviene. Rimani fermo e stai zitto.»

«Altrimenti?»

«Altrimenti i miei amici saranno ben felici di sgranchirsi un po' le mani.»

«Cosa vuoi, Simone? Perché sei qui?» intervengo io.

«Marco mi ha detto tutto. Sai, Alicia, non si va in giro a minacciare le persone, specialmente se una di queste è mio fratello. Ma mi sento generoso, così ho deciso di chiudere un occhio per te. Ho quello che vuoi. Salite in macchina» ordina in tono perentorio.

Io e Davide ci guardiamo.

«Non penserai veramente che saliamo in macchina con voi?» dice Davide.

«Avete un'alternativa?»

«Perché non l'hai portata qui, con te?» chiedo io.

«Non c'è stato il tempo. Adesso basta spiegazioni, in macchina» e fa un cenno col capo agli altri.

Senza neanche avere il tempo di replicare, vengo sollevata di peso e spinta dentro. Davide prova a resistere, ma uno di loro gli assesta un pugno nello stomaco, poi lo butta, senza tante storie, dentro la macchina vicino a me. Loro salgono in tre, due davanti e uno dietro con noi; bloccano le portiere, i finestrini e partono a razzo. In un lampo capisco che è una trappola; come siamo potuti essere così stupidi? Il terrore mi stringe lo stomaco, la gola mi si secca e sento le lacrime avvicinarsi pericolosamente. Mi giro, e Davide sta ancora piegato in due. Dio, cosa ho fatto? Ho pure coinvolto lui che non c'entrava niente. Vorrei urlare e far finta che non è successo niente, che è stato tutto un errore. Tenetevi la collanina, non me ne importa nulla, ma vi prego, lasciateci andare! Vi prego... Invece dalla mia bocca non esce parola e anzi la paura mi fa rannicchiare sul sedile mentre stringo lo zaino con Teo in braccio, che tranquillo mi lecca la mano.

«Che cosa avete intenzione di farci?» riesce a domandare Davide.

«Stai zitto e vedrai. Non mi sono mai piaciute le persone che non si fanno gli affari loro» risponde Simone.

«Ma noi non diremo mai niente, te lo giuro, Simone» riesco finalmente a dire.

«Su questo non c'è dubbio.»

Cerco la mano di Davide e la stringo forte. Lo guardo e con gli occhi lo imploro di perdonarmi. Lui ricambia la stretta di mano e prova a sorridere, senza molto successo.

«Qui i piccioncini stanno tubando» ridacchia il ragazzo vicino a noi e gli altri gli vanno dietro. Dopo una mezz'ora arriviamo in una zona abbandonata. Ci fanno scendere dalla macchina, ci spingono dentro un magazzino e chiudono la porta con un chiavistello. E il buio scende su di noi.

12

...Per cento giorni, per cento anni,
non finirò di amarti mai.
non finirò di amarti mai.

Buio, buio pesto. Non si vede un accidente; mi siedo per terra, appoggio la schiena al muro e stringo le ginocchia. Non si sente nessun rumore; solo qualche uccello e l'abbaiare di un cane lontano. Teo si è raggomitolato nello zaino, come se avesse sentito che questo posto è inospitale.

«Davide? Dove sei?»

«Sì, sono qui, stai bene? Ti sei fatta male?»

«No, ho solo sbattuto il ginocchio a terra, entrando. Tu invece, lo stomaco ti fa male?»

«Va meglio. Lì per lì pensavo di morire; non credevo che i pugni facessero così male» risponde in tono scherzoso.

«Davide, quanto mi dispiace, è tutta colpa mia. Sono stata una stupida, non dovevo coinvolgerti in questa storia.»

«Ormai è andata, non potevi sapere...»

Non gli lascio finire la frase. «Sì, invece, non dovevo lasciarmi coinvolgere in questo modo. Sono la solita testarda. Mi ero fissata con quel ciondolo, lo rivolevo a ogni costo, e guarda che cosa ho combinato.»

Si siede vicino e mi abbraccia.

«Lascia perdere, adesso dobbiamo pensare a come uscire da qui.»

Tira fuori il cell, ma non c'è campo da nessuna parte; neanche il mio prende.

«Hanno pensato proprio a tutto. Non prendono neanche i cellulari.»

Mi viene lo sconforto. «Adesso ci uccideranno, me lo sento; staranno decidendo cosa fare di noi» dico in preda a una crisi isterica.

Davide mi stringe più forte.

«Oddio, non posso morire adesso, ho solo sedici anni e così tante cosa da fare. Devo fare pace con Lavinia, in fondo aveva ragione, a volte mi comporto come una stupida presuntuosa. Devo dirle quanto le voglio bene e quanto mi è mancata in questi giorni. E ieri ho anche litigato con Martina per via della mia gonna jeans, non me ne importa niente di quella stupida gonna, può mettersi i miei vestiti quando e come vuole» continuo ormai fuori di me.

Le lacrime mi scorrono inesorabili sulle guance. Sì, sono un'egoista, non ho mai pensato agli altri. Non ho mai detto a mio padre che gli voglio bene e mi manca tanto quando non c'è. Se potessi tornare indietro passerei anche più tempo con Michele; lo porterei al cinema tutti i giorni e giuro, giuro che non lo prenderei mai più in giro.

Singhiozzo senza ritegno e mi copro il viso con le

mani. Sono stata una stupida, una grande stupida, urlo tra un singhiozzo e l'altro.

«Alicia, dài, non fare così, non devi pensare a certe cose. Tu sei una persona stupenda» mi sussurra e mi abbraccia ancora più forte.

Mi lascio cullare dalle sue braccia; sento il calore del suo corpo. Rimaniamo in silenzio tutti e due. Adesso si sente solo il respiro di Teo, che dorme paciosamente addosso a me. Una goccia d'acqua batte scandendo il tempo inesorabile come fosse una goccia cinese. Ci addormentiamo uno contro l'altra. Un movimento di Teo mi sveglia, riportandomi alla dura realtà. Guardo l'ora sul cell, le otto e mezza; comincio a sentire freddo. Si sveglia anche Davide.

«Proviamo a vedere se c'è un modo per uscire da qui» gli dico alzandomi. Muovendomi lungo le pareti faccio il giro della stanza; niente, nessuna finestra né porta, a parte quella da cui siamo entrati.

«Siamo in trappola, non c'è nessuna possibilità di uscirne vivi da questo stramaledetto posto e fa un freddo cane. Scusa, Teo, tu non c'entri niente.»

«Vieni qui che ti riscaldo io» mi risponde Davide.

Mi butto tra le sue braccia e in silenzio ricomincio a piangere.

Lui mi accarezza i capelli e senza dire una parola mi bacia sulle guance, quasi a voler cancellare le lacrime.

«Peccato che debba finire così con te» gli dico sommessamente.

«Shhh... fai silenzio. Te l'ho mai detto che parli troppo?»

«Veramente? No, non lo sapevo. A te piacciono quelle taciturne?»

«Esagerata. Dico solo che a volte parti per la tangente e non ti fermi più.»

Mi bacia sulle labbra, sa di limone e mandarino. Rimango immobile assaporando il contatto della sua bocca. Passo la lingua sul suo neo, e ho un leggero fremito.

«Davide, Davide, mi dispiace...» Mi zittisce con un altro bacio.

«L'hai rifatto ancora!»

«Cosa?»

«Parlare troppo!»

Gli accarezzo i capelli e seguo il suo profilo con un dito, poi porto anche l'altra mano sulla faccia e lo accarezzo tutto.

«Voglio imprimermi il tuo viso, così da poterti far apparire quando ne ho bisogno o quando non ci sarai più.»

«Perché non dovrei esserci?»

«Non lo so, ma intanto mi faccio una scorta, per i periodi di siccità. Sono come un criceto, metto da parte per l'inverno» e gli mordo una guancia ridacchiando.

Lui ride beato. «Non ce ne sarà bisogno, ci sarò sempre.»

Una piccola voce mi dice che dovrei aggiungere qualcosa, ma la allontano via veloce come il vento.

Mi siedo su di lui e i miei capelli gli sfiorano il viso.

«Vorrei guardarti alla luce. Sei così bella.»

Gli bacio il naso, poi gli occhi, la fronte; infilo le mani sotto la felpa e lo sento rabbrividire. Il buio mi fa sentire più audace e ho bisogno di un maggiore contatto fisico. Mi tolgo il piumino e la felpa; improvvisamente non ho più freddo.

«Ti voglio così tanto» mi sussurra all'orecchio e il suo respiro mi penetra dentro. Sorrido inebriata. Forse è il momento, la situazione, o solo il bisogno di sentirmi amata; qualsiasi cosa sia in me, non c'è più traccia di imbarazzo o titubanza; lo voglio anche io. Sento che non posso più aspettare. Gli tolgo la felpa, la maglia e accarezzo il suo petto. Davide mi stringe più forte a sé e mi chiama per nome. Ora non esiste più nulla, non so più dove sono; ci siamo io e lui, niente conta più. Davide mi toglie la maglietta, il reggiseno e sento la sua mano muoversi con più trasporto. Il suo tocco è delicato ma forte, e mentre le sue mani continuano ad accarezzare e stringermi il seno, la sua lingua mi cerca e mi vuole freneticamente. I nostri respiri si mescolano e mi lascio andare a lui completamente. Mi gira sulla schiena e in un attimo è sopra di me. Mi slaccia i pantaloni e li sfila, poi fa lo stesso con i suoi. Mille brividi percorrono la mia schiena al contatto delle nostre pelli. Sento il suo bacino muoversi in su e giù sopra di me, poi infila la mano tra le mie gambe. Mi irrigidisco un attimo e gli fermo la mano.

Mi sussurra all'orecchio: «Non ti preoccupare, questa volta non l'ho dimenticato. Da quel giorno ne ho sempre una scorta con me» e veloce tira fuori dalla tasca dei pantaloni un preservativo.

Ridacchio imbarazzata e ancora una volta ringrazio il buio.

Sento la sua mano farsi di nuovo strada tra le mie gambe e mi sussurra: «Ti amo, Alicia, ti amo da morire.»

In un attimo è dentro di me. Rimango ferma mentre lui comincia a muoversi veloce; mi aggrappo alle sue spalle lasciandomi trasportare dal movimento. Lo sento ansimare veloce e poi emettere un rumore soffocato, prima ancora che riesca a capire qualcosa. Lui si appoggia al mio petto e mi lascio cullare dal battito del suo cuore, che lentamente ritorna alla normalità.

Tutto qui? È già finita?

Mi torna in mente la prima volta che l'ho fatto con Matteo, un disastro; lui non ha neanche fatto in tempo a mettere il preservativo che è venuto. Certo, dopo è migliorato, ma insomma con Davide pensavo andasse meglio. Sono un po' delusa. Forse allora è così che funziona, penso, eppure quando vedi i film sembra tutto così diverso.

«Scusami, non ce l'ho fatta, ti desideravo così tanto che non ho resistito» lo sento dire con voce imbarazzata.

«Non ti preoccupare» rispondo per tranquillizzarlo. Per consolarmi penso ai suoi baci, alle carezze; in fondo non avevo mai provato niente di simile prima d'ora!

Il silenzio ci avvolge di nuovo e io non ho voglia di staccarmi da lui; ci addormentiamo abbracciati ma ci svegliamo subito dopo, il freddo si sta facendo strada tra i nostri corpi.

«Ehi, ciao, come stai?» mi sussurra Davide con voce dolce.

«Alla grande» rispondo baciandogli il collo.

«Che buon profumo hai» e ricambia il mio bacio.

«Non penso di avere un buon profumo, anzi» ridacchio io.

«No, mi piace, sa di te.» Mi stringe forte.

Sento che mi rivuole.

«Ma l'abbiamo appena fatto!»

«E allora? Mi fai impazzire. Non riesco a starti vicino senza eccitarmi. E poi devo farmi perdonare, prima sono mmh... stato troppo veloce.»

«Be', in effetti...»

«Ah, è così? Invece di dire, ma no Davide, non è vero.»

Rido divertita. «Sono tutte scuse, lo vuoi rifare solo perché sei insaziabile» e gli faccio il solletico.

«Allora vuoi la guerra»

«No, ti prego, non resisto al solletico.»

«Ho trovato un tuo punto debole» grida divertito.

Mi contorco mentre rido. «Ti prego, smettila» lo imploro.

Mi lascia all'istante, si impossessa delle mie labbra, sento che allunga la mano verso i pantaloni e poi è di nuovo dentro di me. Questa volta si muove con più calma e mi accarezza mentre ci baciamo come due assetati. La sua lingua si insinua tra la mia, si muove, esce dalla mia bocca e mi succhia il collo. Sento un fremito, poi un altro fino a che un calore enorme si irradia in tutto il corpo, e aggrappandomi a lui mi lascio trasportare da questa emozione nuova, accompagnata dal movimento di Davide, che viene insieme a me. Poi il silenzio è intorno a noi e l'unica cosa che sento è il battito dei nostri cuori.

«Certo, non siamo normali, chiusi in un magazzino, chissà dove, in un posto sperduto e noi che facciamo?»

«La cosa più bella al mondo, ci amiamo.»

Mi sciolgo come un gelato e lo bacio ancora.

«Adesso però inventiamoci qualcosa. Non voglio che finisca tutto proprio adesso» aggiungo rivestendomi.

Davide, per quanto a malincuore, segue il mio esempio.

«Hai ragione, per una volta hai detto una cosa sensata.»

«Ma come ti permetti?»

Un rumore sinistro ci zittisce all'istante. Veloci ci alziamo e avviciniamo l'orecchio alla porta chiusa; anche Teo sembra aver percepito qualcosa, si è alzato e ha cominciato a ringhiare.

«Shh, stai zitto Teo, vieni qui» lo richiama Davide.

Sentiamo delle voci in lontananza che si avvicinano.

«Oddio, Davide, sono venuti a prenderci, è arrivata la nostra ora. Che facciamo, non può finire così...»

«Smettila, Alicia, calmati.»

Ma non ci riesco, ricomincio a tremare come una foglia. In un attimo mi ritrovo a pensare alla nonna e alle litigate furiose con la mamma. Vorrei abbracciare tutti e dire che gli voglio tanto bene. Calma, calma, ha ragione Davide, non ci devo pensare.

«Senti qualcosa?»

«Macché, mi sa che le voci si sono allontanate. Questo però vuol dire che non siamo lontani dalla città. Forse siamo solo in periferia. Magari se chiamiamo qualcuno ci sentirà.»

«Giusto. Anche perché non è così tardi, sono solo le dieci.»

Urliamo con quanto fiato abbiamo in gola, chiediamo aiuto, battiamo sulla porta, ma niente; a quanto pare doveva essere una macchina di passaggio.

«Ho freddo, non ce la faccio più.»

«Senti, qualcuno ci verrà a cercare non vedendoci tornare a casa» risponde Davide.

«Prometto che se rimaniamo vivi farò la brava. Non arriverò più tardi a casa e non combinerò più casini» dico a voce alta.

Davide rimane in silenzio; anche lui sembra aver perso la sua sicurezza. Nel buio sento Teo che, ormai sveglio, sta annusando qualcosa. Carponi lo vado a cercare e lo trovo in un angolo che scava per terra. Allungo una mano e sento che lì tra il muro e il pavimento c'è un piccolo buco da cui arriva dell'aria.

«Davide, vieni a vedere, corri.»

Proviamo a scavare per ingrandirlo, ma è molo faticoso, il terreno è troppo duro per farlo con le mani nude, ma forse, se insistiamo...

Mi viene un'idea.

«Leghiamo un biglietto al collare di Teo e lo facciamo uscire da qui, lui dovrebbe farcela. Se siamo fortunati, qualcuno lo potrebbe trovare e avvertire la polizia.»

«Geniale, mi sembra un'idea fichissima!» risponde Davide.

Cerco nel mio zaino e alla fine riesco a trovare un foglietto arrotolato, che avevo dimenticato nello zaino non so da quanto tempo e un pennarello rosso di Lavinia, che qualche mese fa mi aveva prestato. Per fortuna che non lo svuoto mai!

«Cosa scriviamo?» chiedo.

«Aiuto! Ci hanno rapiti e chiusi in un magazzino in una zona deserta. Chiamate la polizia, ci vogliono uccidere. Alicia e Davide.»

«Troppo lungo, non entra.»

«Aiuto, chiamate la polizia, siamo stati rapiti. Il cane vi porterà da noi. Alicia e Davide.»

«Perfetto, accendi il cell, così mi fai luce mentre scrivo.»

Continuiamo per una buona mezz'ora a scavare, finché non sento le mani completamente atrofizzate; illuminando ogni tanto con il cell riusciamo a fare un buco perfetto per Teo.

Arrotolo il foglietto e lo lego al suo collare tramite l'elastico dei capelli.

«Teo, tesoro, siamo nelle tue mani. Vieni qui, fatti

accarezzare» gli dico sentendo le lacrime ritornare. «Ascoltami, tu adesso esci da qui e quando incontri qualcuno gli vai vicino abbaiando; ma senza spaventarlo. Poi devi tornare da me; hai capito?» Teo scodinzola e mi lecca la mano. «Oh, Teo, ti voglio bene» lo abbraccio ancora, poi lo spingo verso il buco.

«Vai, Teo, vai» Ma lui non sembra convinto; muove qualche passo, poi torna indietro.

«Ti prego, Teo, vai, tesoro, vai. Prendi la palla, Teo prendila e riportala qui. Vai». Lui, sentendo la parola palla, addrizza le orecchie, poi eccitato si infila nel buco e in un attimo lo perdo di vista. Rimango ancora qualche minuto lì, poi mi giro e mi siedo. Un senso di solitudine e disperazione mi assale. Come se l'avesse sentito, Davide si avvicina e mi stringe la mano; ma nessuno dei due parla. Ormai siamo nelle mani di Teo.

La goccia ricomincia a sentirsi.

Tic, undici e un quarto.

Tic, undici e mezza.

Tic... tic... tic.

Mi tappo le orecchie, ma niente, è sempre lì.

Tic, dodici meno un quarto.

Non ce la farà, è la fine. Non l'ha visto nessuno.

È troppo piccolo, si sarà perso.

Oppure l'hanno trovato loro e l'hanno ammazzato.

Chiudo gli occhi, poi li riapro.

«Davide?»

«Si?»

«Perdonami.»

Silenzio.

«Promettimi che se ci salviamo mi lasci perdere.»

«Non posso.»

«E Giulia?»

Silenzio.
«Devi tornare da lei.»
«Perché mi dici così? Vuoi sbarazzarti di me?»
«No. Ma tu stai ancora con lei, giusto?»
Silenzio. Mi stringo forte alle ginocchia e trattengo il respiro.
«Sì» risponde in un soffio.
Una lacrima mi scende veloce e la lascio andare, tanto a che serve trattenerla?
Canto in silenzio mentre le lacrime continuano a scorrere:

Cento giorni
Cento giorni, cento ore, o forse
cento minuti mi darai.
Una vita, cento vite,
la mia vita in cambio avrai.

Un abbraccio, cento abbracci,
qualche carezza avrò da te.
I miei occhi, la mia bocca,
e il mio cuore avrai da me.

Perché per te questa vita è un girotondo
che abbraccia tutto il mondo, lo so,
ed invece la corsa della vita
per me si è già fermata negli occhi tuoi.

Io ti amo, io ti amo,
più della vita, lo sai.
Per cento giorni, per cento anni,
non finirò di amarti mai.
non finirò di amarti mai.

Perché per te questa vita è un girotondo
che abbraccia tutto il mondo, lo so,
ed invece la corsa della vita
per me si è già fermata negli occhi tuoi.

Io ti amo, io ti amo,
più della vita, lo sai.
Per cento giorni, per cento anni,
non finirò di amarti mai.
non finirò di amarti mai.

Un rumore ci risveglia.

«Alicia, Alicia, rispondimi.»

Ma questa è... No, sto sognando...

«Alicia, dove sei?»

Ma sì, è proprio lei, Lavinia!

Balzo in piedi, seguita da Davide.

«Lavinia, Lavinia, siamo qui» e battiamo sulla porta con tutta la forza rimasta.

«Alicia, finalmente. Come sono contenta. Sono ore che vi stiamo cercando!»

Vi stiamo? Ma con chi è?

«Marco era preoccupatissimo.»

Marco? Non capisco.

«Aprite presto, è stata chiusa con un chiavistello o un lucchetto.»

«Ecco sì, la vedo. Provo ad aprirla» risponde Marco.

Sentiamo un colpo secco e in attimo la porta si spalanca.

«Ma come hai fatto?» chiedo.

«Sono o non sono un ladro?» risponde ridacchiando Marco.

Corro fuori e trovo Teo tra le braccia di Lavinia.

«Teo, nostro salvatore, vieni qui» e lo stringo forte.

Poi alzo lo sguardo su Lavinia e in un attimo ci abbracciamo e scoppiamo a piangere tutte e due.

«Perdonami.»

«Perdonami tu, sono stata una vera stupida.»

«Non sai quanto mi sei mancata.»

«Anche tu, tantissimo.»

Rimaniamo ancora abbracciate, poi Lavinia si stacca leggermente e guarda Marco; lui si avvicina, mi prende una mano e ci lascia cadere... il ciondolo!

Lo abbraccio commossa.

«Lo sapevo, lo sapevo che non eri cattivo; dio, come sono felice. Davide, guarda il ciondolo.»

«Sono veramente contento. Ma adesso dobbiamo andarcene da qui e anche in fretta» aggiunge Davide, rimanendo in disparte.

«Sì, certo, hai ragione» rispondiamo in coro.

Marco accompagna Davide a prendere il motorino, mentre io, Lavinia e Teo ci nascondiamo in una siepe lì vicino. Tornano dopo poco; in realtà il magazzino dove ci avevano rinchiusi non era molto lontano, ma per confonderci le idee avevano fatto un giro largo prima di lasciarci lì dentro. Così ancora tutti emozionati ci salutiamo, e quando sto per abbracciare Marco lui mi sussurra: «Spero potrai perdonarmi.»

«Ti perdono, ma guai a te se fai soffrire la mia amica» gli sussurro all'orecchio.

Salgo in moto con Davide e partiamo.

Dio, che storia pazzesca. Ancora non posso credere che sia finita così. Mi tornano in mente le parole di Marco. Il fratello lo obbligava a rubare per lui e la sua banda; in cambio gli davano dei soldi o gli facevano dei regali molto costosi, come il motorino. All'inizio era sembrato tutto così facile; Simone sembrava uno che sapeva come vivere alla grande e per lui era diventato un idolo. Poi la banda ha cominciato a essere più pressante, a usare sistemi che Marco non condivideva, ma che poteva fare? Mettersi contro il fratello maggiore? Rinunciare a quei soldi?

La situazione è peggiorata quando sono arrivata io,

con la storia del ciondolo, e Lavinia, per cui ha perso completamente la testa. A quel punto voleva smettere, convintosi ormai che non era giusto quello che stava facendo. Ma poi è arrivata la mia minaccia di denuncia e così, spaventato a morte e non sapendo con chi parlarne, si è confidato con l'ultima persona con cui avrebbe dovuto, Simone. Ma capito l'errore, si è fatto coraggio, ha telefonato a Lavinia e sono venuti a cercarci; sapeva che con molte probabilità ci avrebbero portato in quel magazzino abbandonato, dove lui e il fratello venivano a giocare da piccoli. E mentre erano lì, cercando di capire dove potevano averci rinchiuso, è apparso Teo scodinzolante davanti a loro.

«Dormi?» mi chiede Davide.

«No, stavo ripensando a tutta la storia. Sono ancora scombussolata; e non riesco a capacitarmi che siamo sani e salvi.»

«A chi lo dici, veramente un'esperienza da dimenticare!»

«Proprio tutta?»

«Assolutamente no, solo una parte» e ridacchia, poi lo sento ridiventare serio.

«Senti...»

«Sssh, ti ho mai detto che parli troppo?» e gli stringo il braccio.

«Vorrei passare un attimo in ospedale» continuo, non dandogli il tempo di rispondere.

«Perché, ti sei fatta male e non me l'hai detto?» mi chiede allarmato, rallentando il motorino.

«No, figurati, niente di tutto ciò» e gli indico la strada.

«Aspettami qui, torno tra un attimo».

Entro, saluto la guardia medica, che mi conosce da

quando sono piccola, e chiamo l'ascensore; ma non ho voglia di aspettare, così salgo le scale di corsa. C'è un silenzio strano, irreale. Tutte le luci sono spente, a parte quella del corridoio. Arrivo al secondo piano e vado dritta verso la stanza delle infermiere; busso alla porta e mi affaccio.

«Mamma?»

Lei si gira e mi guarda.

«Alicia, che ci fai qui, è successo qualcosa?» e si alza dalla sedia allarmata.

«No, tranquilla» le dico e l'abbraccio. «Volevo solo dirti che ti voglio bene!»

Ringraziamenti

Grazie prima di tutto a mio marito, che ha creduto in me fin dall'inizio e mi ha messo in grado di scrivere questo libro.

A mia figlia, che con i suoi racconti mi ha ispirata e appoggiata, anche con i suoi giudizi implacabili.

Alla mia migliore amica, Claudia, che mi ha accompagnato in giro per Bologna e mi ha dato dei consigli preziosi e a Sergio e Gabriella, una coppia di colleghi, per la loro pazienza.

A mia suocera, che mi ha fatto amare profondamente la canzone *Cento giorni* di Caterina Caselli.

E poi un ringraziamento particolare alla casa editrice e ad Alfredo Lavarini, che non ha mai perso la pazienza per le mie continue aggiunte e correzioni... fino al giorno prima della stampa!

E un ringraziamento particolare all'editore Sergio Fanucci, che con i suoi consigli preziosi ha permesso di rendere un sogno realtà; grazie, grazie di cuore.

In libreria

Silvia Roncaglia

Caro Johnny Depp

Diario di una teenager pazza d'amore

Illustrazioni di Daniele Colaiacomo
Romanzo

192 pagine
Euro 11,00
Collana Teens

"Io, ancora non te l'ho detto, Johnny,
sono una collezionista di frasi.
C'è chi colleziona figurine,
chi francobolli, chi tappi di bottiglie
o addirittura schede telefoniche.
Io colleziono frasi.
Frasi di libri, frasi di film."

Sara è una collezionista di frasi.
Sara ha la camera tappezzata di manifesti di Johnny Depp.
Sara ha il calendario con le foto di Johnny Depp.
Sara conosce tutti i film e ogni notizia sulla vita di Johnny Depp. Ma per Sara Johnny è qualcosa di piú: è l'interlocutore immaginario di decine di lettere dove lei si svela, s'interroga, racconta il suo mondo di quattordicenne alle prese con ideali, sogni, paure e problemi di tutti i giorni. Tra due fratelli, uno troppo adulto e saggio, l'altro troppo ingenuo e influenzabile, tra un'amica troppo grassa e una zia troppo 'psicologa', una madre troppo apprensiva e un padre troppo assente, si svolge la vita di Sara, troppo presa da Johnny Depp per affrontare la realtà. Finché un giorno...

In libreria

Paola Zannoner

A piedi nudi, a cuore aperto

Romanzo

240 pagine
Euro 12,50
Collana Teens

Un amore impossibile,
due vite diverse,
una storia che commuove e appassiona

Taisir è un giovane arabo palestinese, Rachele è una ragazza italiana: si incrociano per caso in una piazza, poi si ritrovano a scuola. Lui è uno skater, lei studia canto; entrambi frequentano un liceo nel centro della città, ma mentre Rachele abita in una zona residenziale, Taisir vive nel quartiere arabo della metropoli. La curiosità e la tenacia della ragazza le consentono di superare la diffidenza di Taisir, di entrare in relazione con lui: sarà un'occasione per capire il suo mondo, pieno di curiosità e sorprese, creando cosí un'amicizia intensa e generosa. Ma Rachele ancora non sa che potrà anche essere una porta per aprirle il cuore...

In libreria

Loredana Frescura
Marco Tomatis
Il mondo nei tuoi occhi

Romanzo

176 pagine
Euro 11,00
Collana Teens

Un libro appassionato e dolce sul sentimento piú cantato e mai spiegato dell'Universo: l'amore.

Una piccola stazione di una piccola città. Ogni giorno simile all'altro, la scuola che ti aspetta, la vita una routine. Ma poi due ragazzi che si guardano, si parlano e a poco a poco si conoscono, e subito un bacio in punta di piedi. E cosí, all'improvviso, l'amore irrompe nella vita di Costanza e Angelo, con l'emozione, la passione, la felicità. Un tempo che si sdoppia nei loro sguardi, che si divide nei loro pensieri, e prende vita nelle due voci che, parallele come le rotaie del treno che li accompagna a casa dopo la scuola, cercano con tenerezza di dare un senso a un periodo della loro esistenza, cosí delicato e affascinante. Sarà un momento indimenticabile e difficile al tempo stesso, sarà una prova che forse li cambierà per sempre, sarà l'occasione per perdersi in un amore senza fine.

In libreria

Valentina F.

TVUKDB

Ti voglio un kasino di bene

Romanzo

176 pagine
Euro 11,00
Collana Teens

Marta e vale, due amiche per la pelle, sono legatissime tra loro ma diverse nel carattere: una sfacciata e disinvolta, l'altra timida e chiusa. Con l'aiuto di Giò e Sara, compagne di scuola, vogliono diventare irresistibili e riuscire a conquistare i ragazzi più grandi. Provano di tutto: dalle maschere per il viso ai tentativi di 'allungarsi' i capelli, dal piercing al naso all'acquisto di un reggiseno che le faccia apparire più provocanti. Riusciranno a far cadere ai loro piedi i più fighi della scuola? Luca e Ale sono veramente irraggiungibili? E così, tra amori e malintesi, uno shopping in centro e una festa di troppo, le due inseparabili amiche stanno per esaudire i propri desideri. Ma poi arriva Marco, il fratello di marta, che tra una partita di pallanuoto e uno 'strappo' in motorino sembra provare per Valentina qualcosa di più profondo...

Visita il blog di Valentina all'indirizzo
www.vale-tvukdb.blogspot.com

In libreria

Loredana Frescura
Elogio alla bruttezza

Romanzo

176 pagine
Euro 11,00
Collana Teens

"Io sono brutta. Lo sono sempre stata, e non c'è speranza di avere il medesimo destino del brutto anatroccolo che poi era un cigno in realtà. Una favola con la fregatura: ecco cos'è, a dirla tutta."

Questo pensa di sé Marcella, quindici anni, due genitori alle prese con i propri problemi e un fratello maggiore bellissimo, baciato dalla fortuna, che si vergogna di lei e non le rivolge la parola. Ma le fregature le sa riconoscere per quello che sono: occasioni per vendicarsi, per riscrivere la storia dalla parte di chi baci non ne ha mai ricevuti, né dalla sorte né dal principe di turno.
Così, Marcella sceglie di dedicare la sua tesina di fine anno a un Elogio alla bruttezza, e insieme alla sua migliore amica Giorgia, anche lei una 'bruttina' – chiamata 'Enterprise' per il mega apparecchio che porta fisso ai denti –, riversa sulle pagine scritte tutto il suo desiderio di rivalsa e il suo senso dell'umorismo. Anche la vita di fuori, però, le riserva alcune sorprese: proprio tra gli amici di suo fratello, i belli senz'anima, ci sarà qualcuno capace di guardarla con occhi diversi, e farle scoprire l'amore...

In libreria

Olivia Crosio
Solo in città

Romanzo

176 pagine
Euro 11,00
Collana Teens

Milano, luglio, un caldo pazzesco. La mamma è in montagna con il fratellino, il papà è via per lavoro. Giulio, lasciato alle cure di una ridanciana colf a ore, deve recuperare due debiti a scuola lavorando come garzone nella drogheria sotto casa e andando a ripetizioni da una prof di latino in pensione. Ma nel giro di pochi giorni quello che doveva essere un mese di noioso tran tran si trasforma in una serie di incontri e avventure che lo lasciano stupefatto e un po' pesto... Ma Giulio è finalmente solo in città; ha l'appartamento tutto per sé, e niente più la mamma che rompe e gli orari da rispettare. E così, preso da questa nuova vita, Giulio non si accorge nemmeno di aver fatto, una sera in un bar del Naviglio Grande, un incontro interessante, molto interessante: una splendida ragazza dai capelli neri e gli occhi verdi, con un corpo da lasciare senza fiato... Sarà l'inizio di un amore o di un'altra incredbile avventura?

Collezione Immaginario Fantasy

La Ruota del Tempo vol. 1 – L'occhio del mondo di Robert Jordan (esaurito)
Il risveglio dell'Ombra di Luca Trugenberger
L'apprendista assassino di Robin Hobb
La Ruota del Tempo vol. 2 – La grande caccia di Robert Jordan (esaurito)
Il mondo di Lythande di Marion Zimmer Bradley
La leggenda dei Drenai di David Gemmell
Le spade dei Drenai di David Gemmell
La Ruota del Tempo vol. 3 – Il drago rinato di Robert Jordan
L'assassino di corte di Robin Hobb
La Ruota del Tempo vol. 4 – L'ascesa dell'ombra di Robert Jordan
L'ultimo eroe dei Drenai di David Gemmell
Il risveglio della magia di Jude Fisher
Il re degli alberi di Greg Keyes
La Ruota del Tempo vol. 5 – I fuochi del cielo di Robert Jordan
Il viaggio dell'assassino di Robin Hobb
Magia selvaggia di Jude Fisher
Il lupo bianco di David Gemmell
Nuova primavera di Robert Jordan
Il principe delle ombre di Greg Keyes
La Fonte ai confini del mondo vol. 1 di William Morris
Petali e sangue di K.J. Bishop
La Ruota del Tempo vol. 6 – Il Signore del caos di Robert Jordan
La nave della magia di Robin Hobb
La nave in fuga di Robin Hobb
La conquista dello scettro di Stephen Donaldson
La Rosa del Mondo di Jude Fisher
Nessun dove di Neil Gaiman
La nave dei pirati di Robin Hobb
La nave della pazzia di Robin Hobb
La guerra dei Giganti di Stephen Donaldson
La Ruota del Tempo vol. 7 – La corona di spade di Robert Jordan
Temeraire: Il drago di sua Maestà di Naomi Novik
Il cavaliere sanguinario di Greg Keyes
Temeraire: Il trono di giada di Naomi Novik
Il risveglio dell'assassino di Robin Hobb

Visita il blog di Alicia all'indirizzo
cuoredialicia.blogspot.com
e il sito ragazzi.fanucci.it

Stampato nello stabilimento grafico
«Legatoria del Sud» di Ariccia (RM)
nel mese di settembre 2007